金色聚落

記金瓜石的榮枯

賴舒亞

獻給上帝，感謝主讓我能藉著創作，記錄這片土地。
謹以這一本書寫故鄉的散文集記念母親。

水與雲的靜美

新世代的文學作家，一直是我自始祈盼的未來，字裡行間拜讀新思維、想像他們如何在生活中願意寄身文學，應該是一種由衷對於美和愛的潛力追尋吧？

賴舒亞，是近年來我一直注視的名字。不聲張也不造作，更不自我標榜和宣傳，就是安靜的書寫；我讀出一個新世代文學人的謙遜和自持。行雲如水的用字遣詞自成風格，不與他者唱同調，難能可貴的：我手寫我心。

抒情輕緩，感性交融理性，在散文的領域之間自在、自由且自有形式的完整。原鄉風土、生命流洄、塵緣起伏；真切且誠意的文字美學合宜如我拜讀的：賴舒亞持續的文字，靜美如水瀺流，雲飄過的壯濶。

祝賀賴舒亞的新書，這是我向來深切祈待的新世代文學好手。寂寞的文學在今時猶若漫漫長夜，也是一次再一次遙遠的孤獨之旅；請堅執、勇健的持續書寫，文學終究是不被剝奪、僅有的純淨；愛和美的自我典型。

林文義

金色歲月，慢讀舒亞

楊樹清

時光膠囊裡的黃金山城

閱讀賴舒亞的文字節奏和她《金色聚落》裡的記憶風景，我得一「慢」字：慢讀，慢思、慢想。

「慢讀」之後，再進入一座「慢城」。

一個新的城市哲學，一種新的城市模式，正悄悄在歐洲及臺灣一些小城裡誕生，這套哲學叫做「慢」。慢城運動是慢食主義的發揚光大，發源地義大利，目前，全世界已有三十個國家，兩百十三個城市，包括臺灣的花蓮鳳林、嘉義縣大林、苗栗縣的南庄與三義都獲得「慢城」認證。

「慢城」的代表城市，義大利的小鎮布拉，是慢食組織總部所在，被視作是逃避一切俗事的最佳地點，漫步在小鎮上，當地人會在路邊咖啡座坐上大半天，發呆，閒聊或者看著路人來去的身影；在樹蔭環繞的廣場上，飄散著丁香花與薰衣草的香味，石凳上的老人如雕像般呆坐著。

與布拉同樣緩慢，聞得到薰衣草香味的地方，我又想起普羅旺斯和一位作家的故事。英國作家彼得．梅爾，一九八九年所出版的《山居歲月》，敘述他與家人（太太和三條狗），遷居法國南部普羅旺斯省時的第一年生活點滴，生動、細膩描寫當地生活、風景、人文，讓人們對普羅旺斯產生了閱讀、親近的熱情；《今日美國報》在此書一問世就提出評價和後來果真引來熱潮的預言，「短而甜美，這些文章如詩如畫地描繪出一個迷人又慢活的地方，說不定會召喚人前往那裡，過過下一季的人生。不論你選了哪個目的地，透過梅爾的回憶、提點和有力的敘事，你會發覺那是件可能的事。」

舒亞筆下的金瓜石，雖並未申請「慢城」認證，卻是我心中認定、包裹在時光膠囊的一座「慢城」；游移在書中，緩慢流動的人、事、物，也如我心中的普羅旺斯。我想，毋須取得「慢城」認證，快速輪轉、繁華落盡之後，金瓜石已是一座比慢城更能慢活的城鄉。

重回《挖記憶的礦》初書年代

與舒亞結文字緣，起於二〇〇三年，她以〈挖記憶的礦〉，我金門同鄉文友林媽肴則以〈穿越鐵疾藜與軌條砦〉同獲時報文學獎鄉鎮書寫獎，赴約臺北市長官邸藝文沙龍的頒獎典禮，舒亞走過來打招呼，說讀過我的文章，〈番薯王〉尤其令她印象深刻。年齡差一輪，陌生、疏離的兩個人，「老文青」與「女文青」，因著文學，以及一些共同的人和記憶串連，我再進入了舒亞《挖記憶的礦》的土地、文字世界。

二〇〇七年，舒亞的散文初集《挖記憶的礦》問世。初書的自我剖白，她欲由個人生命的體現，觸及至金瓜石與臺北兩座城市，刻畫聚落與都市的浮世繪。

《挖記憶的礦》書中，舒亞以原生母土的金瓜石為圓心，間及九份風土，再連接到城市，並作對比、觀照。篇與篇之間，可以窺見她用心追索、喚回消逝中的原鄉風景，也用情與都會行走的「你」進行對話，她的企圖，不在礦石景物的浮面描繪，而是更深層的生命記憶礦產探勘。在評論〈挖記憶的礦〉單篇文章時，詩人向陽讀到了記憶的底層，他說，「寫的不是觀光區的金瓜石，而是地底下的金瓜石」；通讀全書，學者作家楊翠則看到了一個「不合時宜」的生命行旅，「閱讀賴舒亞，像讀一個不合時宜的靈魂。看她如何展開航海圖誌，喋喋不休，細數一層又一層不合時宜的生命行旅。正因為不合時宜，賴舒亞的文字，有一種獨特的節奏和韻味」，散文家鍾怡雯呼出「一種低調安靜的舒展，幽幽靜靜宛如沒有雜質的低迴清唱」；沒雜質的純淨文字，再讓書評家應鳳凰以〈生命的礦脈，無雜質〉為題評論，「從賴舒亞手裡淘給我們看的礦、寫出的文字，其實顏色並不鮮豔。她的散文調子緩慢，絕非亮麗的水晶，沒有五顏六色可閃爍耀眼」。

「不合時宜」的生命行旅，「低調安靜」的舒展、清唱，「並不鮮豔」的文字和緩慢的散文調子……，《挖記憶的礦》，賴舒亞以精采的命題，被讀者看見了一隻獨特的筆，也讓各家發出不同的品評；在我讀來，她的初書，內容跳接並不連貫，文字起落並不穩定，但那種慢節奏的行文，卻形成她獨奏的筆韻。我也看到孤注投射山城故鄉的舒亞，原來《挖記憶的礦》故事未了，只是個引子，她終將再探索、再帶領我們回到記憶的現場，進行更大規模的書寫。

映現《金色聚落》光影之書

經過十多年時間的淘洗、沉澱，賴舒亞再以金瓜石故鄉命題，且集中書寫，終於生出了《金色聚落》之書。

輯一，「舒柬」，有採金扉頁，山與海之間，霧中風景等寫實、寫意的描寫，喜歡「漫遊」的舒亞，「每趟的出發，雖未知內容，但單純的旅行欲望使人安心，恰似一張通向綺麗未來的請帖，邀我心甘情願前往不同的地方」，正是以這樣的心情出發，她在〈舒柬〉中，凝視到「金色」的光影遺留，「水裡的岩石色彩，皆是濃稠的金黃色」，日照映現早年礦山

「拓印在長長的金光路上」，踩在腳下的黃金城，「過去，挖金礦；現在，採回憶」；延伸的記憶圖像，舒亞「沿著臺車軌道走」，走進輯二的「金色聚落」，在這裡看到了金色的光，也讀到了幽暗的歷史，「日據時代，臺灣人遭受許多不平等，日本人的宿舍有電可用，但臺灣礦工的宿舍卻無電可用」，「擊碎岩石的臺灣礦工，紛紛染上矽肺病」，「礦山居民一直沒有屬於自己的土地」，「一歲一枯榮，遷居異域不久，聚落礦坑全面停採，商家陸續結束營業，居民無以維生，人口逐漸外移」，黝黑與金色的交錯，舒亞頓悟到「人與故土之間的牽繫有時細微到自己也難以想像，單是一爿門扉或斑駁的石牆，甚至石階上孤寂的綠苔，皆令人割捨不斷」，滿載著鄉愁重量的臺車也把往昔光陰拓印出長長的軌道，不停地朝遠方駛去，她沿路跟隨，回到了童年，回想起已凋落的雙親，愈發珍惜曾在這片土地上度過的點滴，她為生命發出幽幽的歎息，「待靈魂將歸回安息的時刻臨近，我們是否能替此生繫上一朵無怨無悔的蝴蝶結？」

而個人的、家族的華麗與滄桑，舒亞則在輯三「假若悲傷是必須」裡淘洗鄉愁，發現歷史，重建心靈家園，記錄了外來採礦人留下的「溫州寮」，老金瓜石人的「祈堂腳」，過去產業道路未拓通前的「路坎仔」，以及連結居民生活的「水圳橋」，人事地景的描繪之外，舒亞把悲傷的重量放在〈驚蟄〉上，她寫到與民宿主人至春山叔家小坐，從金色聚落中忽折射出白色歲月，浮現出一段影響了瑞芳、金瓜石聚落生態的「金瓜石事件」；舒亞也經祈堂路來到被規畫成「國際終戰和平紀念園區」的戰俘營舊址，當讀到一九九七年落成的臺灣戰俘紀念碑碑文，舒亞當下的直覺反應是：虐待戰俘的不是日本人，怎麼會由臺灣人斥資為受難者立紀念碑？她百思不解，「金瓜石事件」，政府何以沒比照紀念戰俘營的模式辦理？望著眼前曾就讀的瓜山國小，想起那些無辜的殉難者與她一樣，曾坐在同一所學校的教室裡求學，卻被迫提早結束生命，回溯這段悲傷的歷史，舒亞如斯沉重，為族人寫下了厚重的〈驚蟄〉，同時也等待著老聚落新生命的降臨。

礦區裡的驚蟄，聚落外的閃電，「假若悲傷是必須」之後，舒亞引領我們從歷史的章節走出，來到輯四「翻閱城事」，再走入輯五「於是有了光」，輯與輯的綴連、銜接，看到了記錄、承載黃金山城脈動的黃金博物館，也看見了金瓜石「左鄰右舍」水湳洞與九份，以及空氣中混凝著泥土香的民宿；走過蜿蜒的山路，她驀然回首，望見新拓出來，浪漫公路、緩慢小路、幸福小路等新冒出的道路，音樂人、畫家的進駐，人心與土地的頻率在這裡對上了。像她所說的，「我平淡地思索著，漸次沒過去那麼悲傷了，或許，雲淡風輕也是鄉愁的另一雙翅膀，帶我飛得更高更遠。」

金色歲月，慢讀舒亞。於是，有了光。

深情之書

廖玉蕙

繼《挖記憶的礦》之後，勤於為故鄉代言、造像的賴舒亞又再度將筆深入金瓜石，做更深入且細緻的爬梳。她說：「我不斷地溯及故鄉的過往，無非想了解自己的根源。我生長於何處？那裡是一個怎樣的地方。」

舒亞寫故鄉，不只憑藉記憶，她親臨故土，用雙腳踏查；她訪問故舊，聆聽過來人的心聲；她勤讀歷史，以文獻佐證；所以，不但描摹景致、刻畫人情，也追溯源流。既有理性的爬梳，也有感性的疼惜與喟嘆。她緬懷過去、凝視現在，也展望未來，做了徹底的尋根。

在人情的刻畫上，她用影影綽綽的人物穿梭，家人、親屬、鄰居，已逝者、陌生的邂逅及書本中人……讓他們交會在礦坑、學校、小店、路途，甚或魚雁往返，摹寫出一個濃濃鄉情的小世界；尤其在華文的敘述裡穿插閩南語對白，讓人備感親切。舒亞的文章節奏舒緩，有一種似清新又慵懶的氛圍存焉。過往礦村的純樸、辛勞、近乎和天搏鬥的採礦過程和如今的人口外移，只偶有好奇的旅人前來窺奇，兩者形成截然的對比。「金色聚落」封了礦坑，不再有「金」，不免讓在地人格外失落。舒亞寫出了曾經的輝煌和如今的惆悵。

作者將知識溶入家常文字裡，看似尋常的故土在她的筆下，形塑出傳奇般的身世。她娓娓道出一個聚落的悠長今昔及所涵養出的山川底蘊。從親情起筆，旁及聚落最聞名的採礦沿革、煉金方法、種種似幻還真的傳說，談到日據時代盜採必接受的酷刑、防盜措施，並爬梳衍生諸多諺語：如稱呼採金賊為「九婿」，原來是當地有位承包商，採得數量驚人的金礦，卻有人半夜在坑內行竊，竊賊在遭逮後的逼供中，供出「九婿」二字，才知幕後指使者是承包商的第九個女婿。其後，「九婿」成了採金賊的綽號；而「九婿」閩南語諧音「狗屎」，因此也有「狗屎」之稱。這些九婿有時還會串連其他親友或和保警合股共犯，貪念讓人變得卑微又勇敢，儘管被逮時得面臨嚴刑峻罰。

舒亞把人們所好奇的採礦相關的細節埋藏在字裡行間，譬如在〈聽古早傳說〉裡說明因為礦工發生意外的風險高，為分散風險，通常不讓兄弟同處上工；又如在〈美好的一天〉裡寫金礦坑的出入管制很嚴格，上工前，必須至坑口前的牌仔間，用工作證向管理員換取木牌，下班後再用木牌換回工作證。日治時代，工作證不只寫上名字，還塗一層薄蠟，避免私自擅改、造假；而〈淘洗鄉愁〉裡告訴我們採礦最前線需要專業知識的風鑽工，工資最高，但風險也最大，工作三五年後，往往罹患矽肺病而客死異鄉。又譬如〈金色聚落〉

裡提到日軍轟炸的戰爭期間，日本全力作戰，以國防所用的銅礦為優先，加上國際貿易中斷，黃金因之乏人問津，這時的礦坑不再採金，但也沒有閒置，坑道曾經成為臺灣銀行鈔票印製的地下工廠。……懷舊之餘，還透露了礦村不為人知的一面，很能滿足讀者對深入礦坑採金行業的諸多好奇。

金瓜石的未來也是舒亞關注的焦點。臺灣政權更迭，故鄉的礦山經營三易其主，但礦村停採後，拚搏大半生的在地人，往往除了一張身分證外，甚麼也不剩。如今，「爭取數十載，居民終於有了自己的土地了。」欣幸之餘，於新聞報導中又聽聞金瓜石再掀淘金熱的可能。她憂心多雨、多颱的海島，採礦過程所造成的生態破壞、空氣污染等環保議題，將如何處理，又該由何人承擔。人去樓空的聚落，白首漸凋，本山有時還因舊傷哀疼，試想它怎能承受另一次的開膛破肚？且以人山人海的觀光景點九份為鑑，反觀金瓜石的冷清，有人私心盼望金瓜石能得九份的一半繁榮；但舒亞寧可故鄉能長保素顏，冀望外九份溪的粼粼波光與悠遊的魚蝦能夠長存，可提供居民輕鬆走讀過往的環境。何況一旦大批觀光客進駐，喧囂難免、垃圾勢必成為日後的災難。但故鄉逐漸荒蕪是事實，村人面臨兩難的矛盾困境，竟不知伊於胡底。

本書的章節安排也頗獨具匠心。首章有〈讀石〉篇，談從小到大，石頭總帶給作者莫名的親切感，尤其是窗前那塊來自山野的礦石，宛如她讀書寫字的盾牌，手指觸及它堅定的質地總讓她感受安心的力量。後來才知原來阿公的職業曾是礦工，她期許自己「礦與石的連結，或粗獷或光滑，皆是生命裡的寶貝，祈願我能有若礦如石般堅毅的性情，於顛簸人世中，閱讀昨昔，書寫今朝。」預告了書寫金瓜石的纏綿源起；在最後一章〈番外〉篇前，是由題名〈於是有了光〉的文章收束，雖感嘆金瓜石只剩童叟數百人，經濟溜滑梯，但慶幸大隱於市的小聚落，別有洞天：「沒有星星的闃夜，我卻意外看見漆亮的夜空，起伏的山巒，竟停著潔白發亮，形狀像天使的雲彩，宛若守護著金瓜石。」總結對故鄉的關愛與戀慕，可說是一本極度深情之書。

閱讀這本書，就好似隨著舒亞行過斑駁的瀝青石牆，拾階而上，看見大埕上停放著幾輛轎車；然後又行經乾涸小池……然後，落山風吹來，花葉隨風搖曳，蝴蝶擦身而過，走著、走著，放眼看去，百年老城業已嫩綠爬上大樹枝頭。

含金量百分之百的鄉愁

「你的本身就是一則鄉愁」，礦山女兒舒亞寫下的每個字，都像從地底深處礦坑傳來的挖掘聲，帶著蒼涼的回音。

金瓜石，藏金之地。金礦所引喻的榮華富貴美夢，屬於資本者、權威者，不屬於底層礦工——他們擁有的是見證災變的機會、豢養矽肺之保證。在權力與財富分配的架構中，不管如何翻轉，底層永遠位於底層。舒亞長於山海之間的礦山聚落，乃山城之女；山風海雨渲染著她的情感基調，礦區苦力圖像映入心版，形塑其真摯的鄉土深情，使得回顧金瓜石開礦史、鋪寫聚落風土傳奇、追述自身成長之路，既能打下歷史與時間之縱深，且能拉寬往昔與今日對比之視野。金瓜石在其筆下，不獨是金光閃爍的天賜寶地，亦是一曲勞動者悲歌。

然而，風水輪流轉，昔年採金盛況於今已沉寂，金瓜石變身為旅客遊賞之景點；暗無天日的血汗坑道，變成遊客嘻然體驗的特色小徑。悲涼不見了，滄桑也不在了，意謂著關於金瓜石的礦傷記憶也要成為風中之葉了。

正因為時間無情，舒亞的「金色書寫」更顯出重要性；其筆下含金量百分之百的鄉愁，才是金瓜石的真面目。

滿車的礦石被推向暗潮的坑道內，彼端可有些許微弱的光，能暖亮勞工的心房？（鄭春山提供）

目錄

輯一 舒柬

靜好的歲月，茶壺溫煮著歷史，大肚美人孕育了新生，光芒閃爍之間，我正在回家的路途。

舒東

微涼的早晨，火車以規律的節奏駛離城區，窗外風景跟隨列車前進的速度不停地後退，熟悉的盆地被遠遠拋諸身後。我喜歡漫遊，於其中恣意想像會碰到的可能和驚喜，然後勇敢地啟程，這樣不具目的與無刻意的規畫，常讓我遇見生命的好山好水。每趟的出發，雖未知內容，但單純的旅行欲望使人安心，恰似一張通向綺麗未來的請帖，邀我心甘情願前往不同的他方。

這回也不例外，當故鄉對我發出邀約，腦海浮躍出綿延的山巒、絢麗的海水，我想起睽違的聚落，渴念金瓜石的模樣，黃金博物園區內模擬的採礦坑道，以及童年的石頭屋。

抵達瑞芳。步出車站，幾隻麻雀停在電線上，如五線譜音符，讓心情雀躍。婉拒了廣場攬客的排班小黃。一個人的行旅，正適合悠緩。客運出了明燈路，偌大綠蔭蔓延，一路蜿蜒，依山勢而建的民居與草野之後不遠處，是綴點著三兩漁船的寶石藍海面，在初陽照射下愈顯光耀。原來，不用徹底離開臺北，也能徜徉於如此的天寬地闊之間。當客運駛入金瓜石，彼此依偎的黑屋頂，宛若向人傾吐聚落的興衰，我聆聽，同時踩踏一階又一階的路坎仔，走進一幅接一幅的風情。

從長仁社區朝海邊走，沿途的溪流、水裡的岩石色彩，皆是濃稠的金黃色。我順著山路走，經過黃金海岸，因位在車如川流的公路邊，一般遊客多不敢靠近，只能在遠處取景，天朗氣清的日子，海面會呈現金黃與寶藍兩種色彩，就是一般人說的陰陽海。復往前行，有傍山而建如黃金城堡的煉銅廠，記得以前大人總禁止小孩到附近玩耍。舊昔，巨大的選煉廠裡，機器晝夜運轉的廠房，一開工便黑煙漫天，廢氣沿山壁的廢煙管排至山頂，四圍幾乎沒有植物能存活。如今，十三層遺址也好，廢煙道也罷，兩者都因年久失修而無法開放，徒餘荒涼的外觀讓人追思。

當年，臺灣人聚落位於日本人聚落的下方，從前的金瓜石醫院後來改建成停車場。往下走有家兼賣蔬果的「金德發」雜貨店，昔日唯一的診所就在雜貨店隔壁，小時候，外婆還背我去看過醫生。再向前沒幾步路，會經過祈堂小巷，斜對角是早年的「永端商店」，販售著糖果、麵茶、彈珠汽水，後來改成「阿嬷柑仔店」，這裡是每個金瓜石小孩共同的回憶，放了學就來買零嘴解饞。二樓有漫畫、小說出租，年逾九十高齡的店主阿嬷說她七歲便跟父親在金瓜石落地生根，自日治時期迄今，見證金瓜石老街的榮枯，可是現在聚落的小學生寥寥數十人，觀光團也極少會走到這裡，時雨中學的學生又得住宿，更無暇跑來此處消費，生意清淡若水，沒人知道柑仔店究竟能再守護老街多久。

正當我準備離開，阿嬤讓我等一會兒，她拿著一張單子蹣跚地走過來，「我眼力不好，你咁可以幫阮看這頂面的錢寫多少？」接過她手裡的紙，那是進貨採購單，上頭條列著密密麻麻的品項與價格，我簡單地說明，然後幫她寫上應付帳款的金額。轉身跨出店門，也不知怎麼回事，心情突然酸了起來。

踏經小橋流水，偶遇一對拍婚紗的新人，以及停步的旅者，青春盛開，妝點老了的街容。往回走，尚在整修的三毛菊次郎宅。紅磚黑瓦四連棟。嵌在堅毅的土地，領人讀寫小鎮歷史與新聞。

成排的商號，開落於老榕樹前，其中一間展示礦石的店吸引了我。看有遊客因沒買東西而不好意思站近，老礦工阿沙力地扯開喉嚨表示，礦石有鍾意才買，聽故事免錢。他咧嘴笑說別輕看這些不起眼的石頭，少年時除靠它溫飽自己，也栽培子女生活。陽光灑在他身上，映輝著歲月刻畫深深縐紋的臉容，如同一生胼手胝足，看山吃穿的寫照。

靜好日照，就著早年的礦山芳華，拓印在長長的金光路上，透亮著璀璨色澤。光陰，旅者，古往今來。過去，挖金礦；現在，採回憶。昔往憑藉沉甸的礦石訴說歷史的真實存在，沒有任何景致能和它相比。

彼此依偎的黑屋頂，竊竊私語著天地之間的晴雨。

午後的金瓜石略顯慵懶，遊客在金采廣場內體驗淘金趣，「哇！」一聲，有人淘到了沙金。恍惚間，從前金瓜石六坑發現法馬丁礦，被譽為世界最美礦石的浪漫，浮現腦海，可惜此榮耀並未替聚落帶來安慰。「儘管拚搏一輩子，我們徒具房屋權，卻無土地所有權。」記起方才老礦工提及此事，他眼底的失落，我不免心疼。有土斯有財，我默禱百姓盡早享有還土於民的權益。

翻看一頁又一頁存留日治年代的身影，期待更多遇見過往。我繼續朝前走，爬過好長的石階，座落五坑口的黃金博物館就在眼前。附近一帶，以本山露頭下方的博物館為中心，這裡是最容易讓人感受到昔日淘金熱潮的主題園區。曩昔博物園區的入口處雖是金瓜石的舊車站，但幾無訪客。好在前已故的瓜山里里長張文榮，希望留住礦山歷史，在不斷堅持與奔走下，改建自戰後經營礦山的臺灣金屬礦業公司事務所的黃金博物館，總算於二〇〇四年落成。

博物館一樓，展示著礦山工作的情景，也有礦山歷史及工具的展示，二樓則陳列黃金藝術、黃金飾品，更有刷新世界記錄，重達兩百二十公斤左右的梯形大金塊讓人參觀，三樓則是淘砂金的體驗活動。出口的附近，放置的是日治時代，幫助礦坑空氣循環的日製壓縮機。隨從人潮隊伍，讀閱昔時老照片、開採的器具，縱使增添諸多挖礦的知識；然而，在室內吹冷氣，隔著玻璃櫥窗的紙上談兵，並沒縮減我與山城的距離。有關採礦的生活，我想再靠近。

於是，參觀完黃金博物館之後，預備到本山五坑的坑道，為使民眾體驗坑道作業，五番坑道已整修過，遊客只消戴上塑膠製安全帽就可安心走在其間，與空氣污濁，步履難行的早年坑道形成強烈反差。

聽說日本時代，臺灣籍礦工在礦坑裡工作之際，常會哼一首〈安全歌〉：

提了燈來走進峒　先看燈光明不明
洋火隨時身邊帶　飯盒手巾要紮緊
腳下踏實頭當心　轉彎抹角防身碰
大巷保穰人人責　見有斷裂報告明
吊井梯道攀登難　切勿爭先恐後行
先拿石頭搞風管　打聽上邊有無人
修井翻石等工作　聽到問訊宜暫停
要將工具搬上梯　最好能夠用吊繩
工作面內工作苦　燥溼布調應提神

岩塵飛揚煙瀰漫　戴上口罩才衛生
鬆岩浮石處處有　拿起燈來仔細尋
扦掉浮石去鬆岩　為己為人公德心
砲眼老孔多古怪　也許爆炸砲未鳴
切忌鐵杆去拖動　處理不慎易喪生
大埵解石與放砲　謹防碎石飛上身
溜槽抽砂防跳石　免使傷骨又傷筋
孕婦身重行動笨　既不竭工得謹慎
萬一碰傷或跌倒　母體胎兒兩不幸

看著歌詞，陳年況味湧上心頭，可惜曲譜已佚失多年，無法哼一段應景、回憶。太平洋戰爭後的臺灣，金瓜石礦坑極需扒礦土的工人，有不少的婦女為了分擔生計與子女教育費都去應徵坑內扒土的工作，新資甚至比坑外高。女性對金礦岩石的辨識度較淺，偷金的機率較低。早年坑裡的女工有的連懷孕也繼續上班，除非身體不適或產前數月，才請調簡單的清理或暫派至坑外打雜。直到一九六四年底女性才被禁止至礦坑內工作，並把當時本山四至七坑

停步石橋上的旅者，面對不舍晝夜的溪流，青春盛開的身影，妝點老了的街容。

的二十八人改調至坑外。

走進模擬的本山五坑。黝暗潮溼的坑道，毫無預警地「砰」的巨響，帶我穿越時空來到疇曩。肉眼無法透視的地底孕育金礦，若非礦工藉由綜橫交錯的坑道開採，深埋的黃金無法見天日。隨感應式語音導覽，我刻意放慢腳步，安靜地感受礦工在坑底開鑿的光景，好奇著往內深掘的性命，挖出的寶藏，究竟是瑰麗或滄桑？

在滾滾的落石聲裡，我看見礦工冗忙的身影、專注的臉孔。清理廢石。選礦。血汗的投擲，生死的搏鬥。當年資方雖只收礦工炸出的大石頭，小碎石可讓工人自行帶走，許多人也拿提煉出的黃金到銀樓換取家用，乍看像額外的小費，惹人羨慕；但只有礦工曉得，轉身開礦的當下，無論本地礦工或外來散花仔，皆無人敢馬虎，萬一繩子斷裂整臺車摔落坑底，就算挖得再多的金脈也沒命享用。

對所有的礦工來說，任何職災引發的後果，不管缺胳膊或斷條腿，就等於失去謀生的能力，殃及整個家庭。挖掘金脈縱然歡喜，但能平安出坑，才是對礦工最大的收穫，也才有翻身的本錢。

步出本山五坑，朝右邊拐個彎，往前直走，晃來金采賣店挑些獨具礦山特色的伴手禮。流覽展架上陳列著以聚落為主題的馬克杯、名片盒、筆記本等商品，一個古銅色鎖匙圈攫獲我目光，浮雕本山五坑的圖案跟文字，其上竟鐫刻「九份」二字，我啞然失笑，不知金瓜石的礦坑，何時攀山越嶺去到九份落地生根？

或許時空在從容的遞嬗過程搬演的滄海桑田，趁我尚未察覺時，就輕悄地易容成另一個幽默的分身，童心未泯地穿梭於巷弄間。果真若此，天地之客旅又何須過度拘泥各種無傷大雅的排列與組合？

臨別前，來礦工食堂用餐，打開用布巾包裹的便當，咀嚼飯菜，遙想炸山的古早，那在坑道吃午飯的礦工，空氣彷彿夾雜彼時坑內高溫導致的便當酸味，礦工仍認分地草草扒完飯盒，繼續上工。對比桌上新鮮的盤中飧，我顯得幸福。

天邊被落日燒得火紅，我擎起相機，仔細地把眼前的山與海收進視窗，赫然明白，每次出發之際，也進行著返回，或飛翔或降落，積累成一張張，安舒生活的請柬。

採金扉頁

喜歡聽故事，尤其關於這座充滿各樣傳說的礦山，兒時，只要大人一圍聚開講，我瘦小的身子便鑽進當中，阿公會抱我坐在腿上聽大夥閒話家常。然後其他小孩也會跟進，有的搬來矮凳旁聽，大人看有孩童湊熱鬧，總會在艱苦的古早時期，阿本仔欺侮臺灣人的話題外，應囡仔要求講些礦坑的佚往。後來我才曉得那些過去，當時老歲人為了增加故事效果難免含有穿鑿附會的成分，欲知虛實，只能花工夫對照文獻查證。

露天礦脈的岩嶂形似南瓜，居民就用閩南語喚它「金瓜石」；可是有人說除了形狀，也由於礦山的土質呈現金黃色而得名。第一次看老師拿著一塊其間閃著光芒的礦石，解釋金瓜石地名的由來：那是早在一九三三年的日據時代，昭和八年，家鄉由臺灣總督中川健藏下令取名「金瓜石」，但在這之前，黃金已跟這個小小聚落脫離不了關係。

那年夏天，八堵車站架設鐵橋的工程正在進行，某日吃完午餐，一名工人拿飯碗在河裡清洗，意外地看到水中的砂粒在陽光下閃爍著。監督此工程的郡司李家德曾參與美國舊金山的採金，當看到從河中淘起的金砂，他開始追溯源頭，直覺基隆河可能是黃金河。消息不曉得打哪走漏出去，各路的人馬從四面八方湧入，包括腳踏實地的農夫也捲起褲管，拿起工具往河裡撈金。據當年美籍的旅臺記者描寫，彼時基隆河沿岸擠滿淘金客，小型簡陋的茅草屋陸續在岸旁搭蓋，從七堵順流而上至現今的瑞芳，淘金潮一發不可收拾，有人索性就睡在河裡的小船上，連家也不回去了。棄農採金，整天不擇手段地濯砂煉金，貪得無厭，使無辜的砂金層遭殃，鎮上原有的樸實生活變了調，或偷或搶的事件頻傳。

我對趕不及的輝煌時代充滿好奇，特別是深埋在地底下金光乍現的礦脈，長大後開始查詢金礦初被挖掘的起初。朋友一直以為我對史地有濃厚興趣才樂此不疲地勤做功課，殊不知因為金瓜石是我的家園，懂事後對故鄉的依賴日益濃厚，若無親自探查，單憑片面的報導，就像站在一棟高樓上，看得到高處的風景，但對它的根基一無所知，我會感到不踏實，不確定建築物是否安全跟穩固。

我不斷地溯及故鄉的過往，無非想了解自己的根源，我生長於何處，那裡是一個怎樣的地方。

歲月把古早的鏡頭向前推進，位處基隆山東邊的金瓜石，平素金脈總是低調地埋藏著，沒想到乏人問津的聚落竟衍生出繁華似錦的年代。當金瓜石的傳奇性隨著不同的傳說，變成眾多懷抱發財夢者的必爭地。基隆河岸淘金熱沸騰之際，聽說有人在溪澗拾著一塊礦石，經

發現基隆河砂金源頭的八堵，念天地之悠悠。（鄭春山提供）

朋友鑑定是金礦石，紙包不住火，許多人聽到風聲就結伴來到金瓜石一探究竟。然後，傳聞林英、林黨兩兄弟發現小金瓜附近的礦藏並私自偷挖，得手黃金至少上千兩。到了一八九三年，一位潮州李姓農夫於大、小粗坑發現溪內含金，禁不住好奇心的趨使，如履薄冰地循河向上，在九份山頂發現小金瓜露頭，又引來大批淘金客，眾人以小金瓜露頭為主軸開挖，接著金瓜石礦床被找到，才使原本沉寂的山城頓時變得熱鬧異常。挖礦的大手一旦在礦區振筆疾書，山城日常就開始改寫，安靜如昔度日者少，欲藉淘金夢翻身擺脫貧窮者眾。

至於，在課堂上讀到的一八九五年馬關條約，臺灣連同整座黃金山被割讓日本，以及廣為人知的金瓜石與九份，甚至水湳洞的金、銅等礦進入下一波的挖掘，那又是另外一頁歷史了。

山與海之間

宛若大肚美人山的鮮明輪廓、或青或白用來區別身分的簿本、不遠處定時的炸山響，皆鑲嵌在你靈魂深處，這些風情變成一幅值得珍藏的浮世繪。隨著那輛載著隻身家當的小發財車駛離的是青春、父執輩等親友相繼謝世的傷悲，時空遞嬗，它們沉澱於時間的長河底，經年累月昇華為一種力量，帶你繼續向前邁進。在城市拚搏的漫長年歲裡，曩者根植於心田，甚至彷彿擔心遭遺棄，不斷藉由電影、新聞、廣告等方式，發出一張張的請柬，呼喚著你。

過往歲華是預約人返璞歸真的鄉愁，而你的本身就是一則鄉愁，由淡漸濃。記得古早時在山腰以上是聚落的市集與做買賣的五寮仔，而山腰底下，則是被內、外九份兩條溪流圍繞，整個山坡遍布礦工宿舍的青簿仔寮。經濟貧困的早期本地人多為白丁，為方便工錢與物資的發配，會社用顏色做登記，資深礦工是青色的簿本，年資較淺的簿子則用白色。蒙父家多次挖得金礦所賜，阿爸跟尾叔皆有機會讀書。黃金讓家裡不致斷炊，而青簿仔上的每筆帳，每月也總能按時結清。平素，大半是父親上金光路去找尾叔談事情，順道去俱樂部帶幾個你愛吃的饅頭回家。而某天尾叔在坑底挖到的金礦，像投下的震撼彈，在山與海之間。

你不會忘記發現金礦當天，屘叔歡天喜地的模樣，只是不知打哪探來的傳聞，他聽說礦脈有囡仔的頑性，若不管教，白晝被發掘，晚夜就消失。於是，待金礦一煉成黃金，屘叔沒立刻換現，反倒藏在家裡，拿根藤條圍著真金繞圈，揮鞭厲聲喝斥：「金仔，別逃！敢偷跑你就知死！」如此數日才把它拿到銀樓變賣。自此，屘叔再沒進礦坑。黃金變現金的翌日早晨，屘叔突然發高燒，送到醫院時又陷入昏迷，經過急救處理，轉往臺北的醫院。命保住了，可是屘叔卻成了親戚裡的拒絕往來戶，長兄如父，阿爸接屘叔到家裡同住，彼此卻成了最熟悉的陌生人。每天，屘叔將自己關在房裡，重複碎念：「金仔，好膽就出來，不准躲！」不只一次在房裡找不到金礦，跑去問左鄰右舍是否有看到？被阿爸哄回的屘叔，激動地吵著要金子，阿爸只得用礦石搪塞，屘叔用筷子不住地敲打：「阮的心肝金，不行再偷跑哦。」一時笑時哭，直到累了便揣著它睡著。

礦工人家的夢魇，採無金，恐積鬱成疾；採著金，恐樂極生悲。而這樣的悲傷不僅是屘叔的專屬品。時序流轉，日子如常行進，屘叔的記憶卻一直留在他挖到金礦的當時。已過志學之年的你，戴著頭盔、手持礦火燈，偕同大人們走進礦坑。跟著阿爸的腳步，穿過蜘蛛網般遍布寶礦的坑道，阿爸說在礦脈區有時會直接看到黃金。往前數公尺，他指著右手邊的山壁跟你說這就是金礦，眾人沿著牆壁敲打，將石頭鑿開，然後進行分類。你想著自己一定要努力挖出黃金來，將它帶回家送給屘叔，這樣他的病說不定就會好起來。你好奇壁上許多赤黃、棕紅的岩石，阿爸說因為金脈周邊有黃鐵等礦物，加上地下水通過，風化後就變成眼前的顏色了。

原礦究竟長什麼樣？是像坑內的岩塊，或如剛提煉的黃金？你打算下工後去找屘叔問清楚。山頭被雲霧籠罩，透著神祕。乍暖還寒的黃昏，領班傳來屘叔跌落山谷的噩耗，被人發現時，已是一具失溫的軀殼，經過勘驗後確定屘叔是因不慎失足而墜谷身亡。處理完屘叔後事的那晚，阿爸整夜待在屘叔的房裡喝酒，手裡握著在屘叔口袋發現的石頭，一顆顆地數算，如回顧一幕幕手足之情。「跟細漢同款，去哪都沒交代，出去也不知轉來……」阿爸弓起的背脊，如丘陵在孤星下起伏，伴隨著嗚咽，像外九份溪，深深淺淺地流淌在你和阿爸之間。天亮之後，阿爸沒再提到屘叔。往後的日子，你們按平日一樣上工，與過去不同的是阿爸沒那麼賣命挖金脈。清理屘叔剩下的藥，對著餐桌的空位，你知道屘叔永遠不會回來了。整個礦山漸趨平靜，由始至終，彷彿屘叔這個人從沒在這土地生存過。

生命中難以承接的，不論輕重，皆無須刻意去記住或遺忘。屘叔說過這山有取不完的黃金，金脈遇到對的人，會不斷衍生出新的礦脈。眉飛色舞的表情，像一生就是為淘金而

古早的俱樂部，至今仍存留著不褪色的往昔。（吳乾正提供）

來。想起屘叔，你不知怎麼就聯想到《臺灣雜記》所載：「番人拾金手上，則雷鳴於上，棄之即止。」如果屘叔沒迷信傳說，能否免於那場連醫生都找不出原因的災病；如果屘叔不執迷採金，可否當個平安的礦工，直至壽終正寢？山櫻開滿了樹梢，阿爸帶你去採集礦石標本，老練的他敲落堅硬的岩塊，一疏忽，手被石頭劃破，滲出鮮血，搶先你一步反應，阿爸抓了一把泥土糊傷口，「小傷口，不要緊！」他自顧自地說著，像只是喝水不小心嗆到。此回程，行經當年屘叔失事的山邊，阿爸把步伐放慢，佇足，和你不約而同地望向山谷。此刻，你發現阿爸臉上生硬的神情竟變得溫柔。有時阿爸會答應你替他去採標本，同時再三叮囑安全第一。那次起大霧，落過雨後，山路格外泥濘，你一個沒踏穩滑了一跤扭傷腳，回家已過炊煙時分。等在門口埕的阿爸見你一身狼狽，趁拿藥酒的當口，要你以後別再去採標本了。父子之間，失去屘叔的傷疤仍隱約可見。

山中的採礦量大不如昔，金沙也不像以往隨地可得。阿爸的礦工生涯走了三十多年，大病沒有，小咳不斷，連爬坡也漸覺吃力。為減輕阿爸體力的負擔，你帶阿爸搬到車站附近的平房。蟬鳴喧鬧的晌午，你陪阿爸在診間，醫生指著X光片上那些分散在阿爸肺部的小圓形陰影，確診是矽肺病晚期。「礦工命免怨嘆！挖幾兩金仔，就要準備轉去。」阿爸喟嘆，彷彿拿了半世人的黃金，就得付出一生代價，滿布歲月紋路的臉容更顯滄桑；但即使無藥可治，你仍想為阿爸拚一次，帶阿爸搬去臺北就醫。而以此地為依歸的阿爸並不想離家，「免啦！這款症頭看哪個醫生都沒差。」任憑你費盡唇舌，阿爸仍執意留在家鄉，你只好妥協。每次進出醫院，你都感覺阿爸的時間又少了一天。那日，阿爸咳出血痰，「做礦工整身病，吃老才來拖磨，不值！」從小到大看多矽肺病、礦坑意外喪生的礦工，理應能與生離死別和平共存，只是這一回，你該怎麼說再見？對這座深受外人寵戴的「金山」，不懂為何，你厭惡多過喜愛。阿爸與尾叔把青春獻給了金礦，尾叔更是連性命也賠進去，而矽肺則像無法抹滅的烙印，預告阿爸的一生即將終結。「趁少年去外面打拚，毋通像阿爸一世人沒效，只會守在山裡。」清醒時，阿爸對你說了最後一句話。或許青春的他，也想過出去看看外面的繁華，只是翻不過這座山。

芒花霜染山頭之際，你送離了阿爸，告別了桑梓。小發財載著中年的你，在公路上疾馳，身後的基隆山、窗外的青簿仔寮、橋下的金瓜石溪，在前進的車速裡慢慢地隱沒，取而代之的是阿爸病倒前帶你去鎮上賣金，走進銀樓，看老闆用瓦斯火不住打在金條上，然後截下半塊來的畫面。鼻頭一陣酸楚，你壓抑回首的衝動，深怕一個心軟就揮別不了身後的山。或者，離開不單僅有一個原因，還有其他？霧般的迷惘，隨著身處環境的變換漫延到他方。

回家的孩子，在山與海之間傾聽著聚落的一切。

在他方，你經營南北貨生意小有成就，之後房地產起飛，臺灣發展到錢淹腳目的榮景，而老家的礦坑全面封閉。春去秋來，你在城市落地生根，刻意擺脫礦山人的身分，可是它仍透過《悲情城市》與《無言的山丘》走近你，雖因金礦停採而蕭條，卻蒙媒體青睞，死裡復活，吹起一陣觀光旋風；夢裡，淘金客從四面八方蜂湧，礦產量達亞洲之冠。然而，任憑它被商業包裝成黃金的故鄉也好，觀光新亮點也罷，你一次也沒回去過。

遍布整座山坡的油毛氈屋宅，黑壓壓地錯落在某個塵封的角落，一如未被挖掘前，沉睡了上百年的金脈。總以為離鄉的時間夠久，那些在山與海之間發生的悲喜就與你無關。一日黃昏，同鄉送來一張《青簿仔寮的夢》專輯，那是高閑至的礦山音樂。音響流洩著歌聲，瞬間，嗜金成癡的厝叔、教你採礦的阿爸、拒絕再看山生存的你，跑馬燈似地藉由歌詞閃過腦際。

我站佇基隆山山頂　看著山下的青簿仔寮
想著阮夢中　金爍爍的金沙
那親像聽到金礦仔內傳出礦工仔的笑聲
我站佇基隆山山頂　看著山下的金瓜石溪溪水
想著阮夢中　金爍爍的金沙

如今只剩滿山的菅芒　來替他們表示繁華
礦工仔生夢空　生出青簿仔寮的希望
礦工仔生夢空　生出阿爸的白頭鬃
礦工仔生夢空　生出白茫茫的菅芒
礦工仔生夢空　生出阮回故鄉的願望
生出青簿仔寮　青簿仔寮的夢

遭颱風侵襲的青簿仔寮早成了歷史，讀著吳國平所寫〈青簿仔寮的夢〉歌詞，你眼眶微潤。不禁揣測，礦產獲利與聚落生態，孰輕孰重？金脈沉睡了上百年的富礦小鎮，居民與土地本相安無事，原始時期，物資雖不豐，但生活平安；自金礦遭開挖，整座山千瘡百孔，人為刀俎，土地為魚肉，造成多少的客死異鄉。是否讓聚落單純地躺臥在山與海之間，才是它真正的命定？

而你明白，也許這只是離鄉背井之人一廂情願的想法，經媒體高度曝光後，以往的金礦史再度被挖出，說地底大概尚有價值兩千億元的金礦，也掀起是否重啟採金的論戰。看著電視上咖啡廣告的圓拱煙管，這是當年為排放煉銅廢氣而建的廢煙道，使周邊寸草不生，大人嚴禁小孩去附近玩。吹東南風時，污煙隨風瀰漫，早晨還翠綠的花葉，傍晚就變斑黃，你急著關閉門窗，阿爸無奈地說就算如此，也難以防止滲入體內那幾乎使人窒息的灼熱廢氣。

這是你首次回來，在全面封坑三十載後，當地居民終於盼到臺糖釋出土地權，可惜凋零的屘叔與阿爸沒能等到這一天來臨。在有關單位評估是否重啟採礦消息之際，你倏忽想起被火紋身的基隆山、嗚咽的金瓜石溪、歎息的菅芒。你多希望讓繁華跟著黃金埋藏地底，那隨著爆破聲而至的落石成回憶，不會再出現任何干擾山城的決策。

從五寮仔往瓜山國小方位直行，行經對面運動場，沿左邊步道，順著斜坡前行，兩旁的樹木，跟從前一樣蓊鬱。踏經一長串的石階，景色豁然地呈現眼前，山腰座落的幾家民宿替故鄉換了一張不老的臉。你仔細環顧四圍，睽違的大肚美人山如昔，不過憑添了幾許滄桑。印象裡，朝左轉直走就能看到以前阿爸經常帶你去的水圳仔橋，橋下的溪是除了礦坑之外，屘叔最喜歡逗留的淘金地點。辰光溫柔地在你心上輕叩，你敞開心門，而回憶像飛簷走壁的賊，不著痕跡地偷偷竊走摯親永別的傷痛。你在模糊的視線中，努力想找出礦工宿舍的位置，不過時移事往，現下的青簿仔寮徒留駁坎。

綿延青山，盛開著白茫茫的菅芒花，天邊海景依舊。你深深凝望，那青春礦工的靈魂，走進壯年離鄉的遊子，成就髮白回家的自己，傾聽著關於聚落，在山與海之間，所發生的一切。

瓜架

我記得小時候，走路上學的途中會行經三兩戶栽有瓜果的人家，望著一方方的碧綠與恣意攀爬的藤蔓，火傘高張的日子，葉子掩住刺目的陽光，那沉甸甸的果實，一顆顆，吊滿了瓜架，聽大人說過要讓瓜果長得好，必須有穩固的瓜架培育。

在故鄉接受的教育宛若在地人知識的瓜架，成為往後求學之路的後盾。座落於茶壺山腳下的瓜山國小，是啟蒙我讀書練字的地方，搬離老家之後一直沒機會再踏進校門。映入眼簾的銀亮色金屬大門，予人清冷的距離感，外加適逢寒假，整座校園愈發顯得空盪，生疏又熟悉的氛圍讓我近鄉情怯。

躊躇半晌，我終究踏進睽違三十五載的校園，位在門口左前方有一面百年校慶紀念岩紀，與它的歷史呈現出新舊世代交替的氛圍。全部的景致與兒童就讀的印象相去甚遠，唯一沒變的是四圍環繞的山巒，以及豐富的厥類植物。一樓教室外畫了鐵軌的地板，與曾因遭白蟻侵蝕而重新整修的圖書館，別出心裁設計的礦車書架，讓學生在圖書館閱讀時，如礦工入坑採礦般。二樓透過礦石、採礦器具、礦坑等礦山元素打造裝置藝術的空間，礦山

百年校慶的紀念岩記，與瓜山國小的歷史對比出新舊世代交替的氛圍。

特色一覽無遺。我由衷羨慕置身於此的學子。憑著斑駁的印象往童年上課的方向走去，沒把握能找著彼時的教室。忘了是什麼原因，那年的課室改在山坡上，步入校門，還得再爬過一段石階才能進到教室。

行經遊樂區之後，熟悉的石階路如舊地開展在眼前，只是其上增設了塑膠棚頂與金屬護欄，看起來有些過度現代的違和。一名工人迎面走來，以為我是學校內的老師，我靦腆回答是在此讀過三年半的學生，對方笑說自己是校友，利用寒假幫忙整修校園。在故鄉難得遇見學長，我問及學校的近況，他語重心長地說有空多回來走走看看吧，目前小學部包括幼稚園加總才十八名學生，學校營運也不曉得還能支持多久，除瓜山國小，濂洞國小、九份國小、欽賢國小，皆面臨招生嚴重不足的危機。

聞言之際，我怔忡了起來，瑞芳地區早年是產礦的小鎮，過去有上萬名人口，學生人數更臻繁盛時期，甚至校方加蓋木造教室也無以容納學生的增加量，現在竟因少子化影響學校的存廢。淘金客密集的盛年，家鄉迅速地發展，低年級還曾採半天制的輪流教學因應不敷使用的教室。一九六八年秋，瓜山國小每個年級有八個班，坐翹翹板、拉單槓、溜滑梯都要排隊，操場上隨處可見活動的身影，相較現今不到二十名的學生簡直天壤之別。

經過一樓的某個角落，若沒記錯，這是從前理髮廳的所在，優待教職員與學生剪髮。

小時候一旦頭髮長過眉毛，阿嬤就會帶我來理髮，面向鏡子，坐在鋪有簡陋涼席的鐵鑄椅上，剪髮的阿姨拿一塊大方巾圍在我的頸項上，手持剪刀邊跟阿嬤閒聊邊俐落地「咔嚓，咔嚓」幾聲，冰涼的刀背碰觸到耳朵，頭部一陣的冰涼，等習慣刀背的溫度，頭髮也正好剪完。理髮的阿姨照慣例拿起立在牆角的鏡子讓我看看自己腦後的頭髮，然後滿意地說：「好了。」只是阿嬤常會在我耳際比劃、吩咐：「頭前擱卡短一點、這兩邊齊耳，囡仔的頭鬃在長真快。」而今，現在青春的一輩，有多少人曉得昔日的瓜山國小內有附設過理髮廳呢？

爬上石階路，教室就在我的左手邊，兒時的課堂時光幻燈片般在腦海裡播放。半百雙求知若渴的眼睛，凝視著黑板的注音符號，異口同聲跟老師複念「ㄅㄆㄇㄈ／ㄉㄊㄋㄌ……」的讀音，或抄寫最基礎加減乘除的運算公式。那一張張晶采的臉孔，像烈日下攀附於棚架的瓜果，慢慢地熟成。記得彼時每個月，阿公會來學校幫我繳營養午餐費三佰元，當年還是舊版的鈔票，阿公仔細點數綠色的紙鈔交給級任導師，然後跟我說：「要乖乖聽老師教喔。」同款的叮嚀我也聽厝邊對自家的孫子講過。老歲人沒念過書，希望後代用功，將來成材是聚落長輩共有的心願。而我和其他同學的願望卻是每節下課，鐘響的瞬間，大夥載欣載奔不約而同地跑向石階，那是我們的遊戲基地。與其說是下課，倒不如說是換成體育課。石階頂端，

荒涼的綠意，還理直氣壯傳遞對這片土地的祝福。

騎馬打仗玩得汗水淋漓。石階間熱烈展開最受歡迎的「剪刀、石頭、布」比賽，三秒內必須出拳。石階底下，是驚叫聲連連的老鷹捉小雞。經常勝負未出，上課鐘便敲響。窗外，前一刻還喧鬧不已的石階，已完全恢復原來的靜默，僅有風吹過樹葉的沙沙作響。

眼看著從前上課之處變成鐵門深鎖的淘金教室，回首初習國語生字的喜悅，聽不懂數學題目時的挫折，還有與師長、同窗的單純互動，我一度有昨日重現的恍惚；然而，眼前無比沉寂的校園，陳述著童年腳蹤已遠的事實，再怎麼懷念與惋惜，我都僅能透過牆上礦工採金、運礦的彩繪去追憶。

佇立知識接受啟蒙的地方，彷彿初生的嬰孩在搖籃中重新獲得安穩。現下學校附近的瓜架皆已荒涼；然而，那整片理直氣壯的綠意，卻依舊執著地傳遞對聚落雙倍的祝福：瓜瓞綿綿，桃李滿城。

霧中風景

遠方搭起了朦朧的霧靄，遙望著籠罩底下那不斷蜿蜒，一階一階地向穹蒼延伸而去，宛若通往浩瀚他方的石梯，不禁讓人聯想假如可以順沿階梯，義無反顧往前走，在百轉千折抵達天邊後，究竟會有什麼樣的景象等在盡頭，是萬種風情的雲海，或光明與黑暗相爭的戰場，還是另一個完全聖潔榮耀的國度？

打從有記憶以來，石階在我腦袋裡就有它專屬的名稱──「路坎仔」，對它初始的通天印象，是和老家金瓜石緊密地連結在一起。我喜歡路坎仔這個名字遠超過石階、樓梯等一般的稱呼，感覺比較親切，也符合聚落的質樸本性。童年的我和同伴在石階上嬉戲：剪刀，石頭，布。贏家前進幾階，輸家只有乾瞪眼，盤算接下來該如何出招來扳回局勢。長長的階梯，有時雙方輸贏逐漸拉大，差距甚遠，甚至會看不清楚對方的手勢。沒什麼玩具的年代，在路坎仔玩猜拳是最入味的人間煙火，但得留意站穩腳下的階梯，以免跌跤。或向左或向右不斷開展的路坎仔，自成不同的風光。我很喜歡石階，特別是它沒經人工整修的原始樣貌，只是這些路坎仔偶爾也讓在地人覺得有點辛苦，行走在其間，並非一件輕而易舉的事。聚落的電線尚未地下化，路旁常可見許多裸露的電線杆，麻煩的是一般的電線極低，必須用人手壓低或撥開才能順利通行，尤其每逢聲勢浩大的嫁娶場面，隊伍又長，花轎或上或下除讓扛抬的人花費九牛二虎之力，還得考慮怎樣才能使轎子平衡不顛簸，減少乘坐者的不適，堪稱體能與智慧的大挑戰。

多雨又多霧的聚落，在許多人的印象中並不陌生，日治時代，天然的富礦造就全亞洲金礦產量第一的殊榮，雖由於太平洋戰爭頒布暫停採金之命令，但應軍需另推行的「以銅養金」政策，還是讓它穩坐金屬礦山的寶座，其實在金、銅礦外，這裡還產煤。爾後，就算礦山全面封坑，金瓜石歸於沉寂，可是短短沒幾年的時間，它藉著藍山咖啡、March汽車與三立電視劇《白鷺鷥的願望》在金九公路的鏡頭、民視《大時代》在天車間跟斜坡索道遺址的拍攝，以及音樂人林垂立讓蔡小虎〈春夏秋冬〉MV在茶壺山的呈現，還有多部電影、連續劇相繼來此取景，重現山城風華，也吸引了大批遊客前往親睹風采，一到假日，小小的聚落無疑更讓人車擠得水洩不通，吹起的觀光風絲毫不輸過去自各地慕名而至的淘金潮。

展閱隸屬於我的愚騃物語，從老家的門口埕算起，向外擴張約略可分為雜貨店、大埕、養豬兼賣豆腐的人家、早餐店、酒堡口攤位、大人們浣衣兼搏感情的大水池周邊……。認真說起來，除了窩在家裡的良辰，我童年大半的遊戲時光就在這些景點穿梭來去。

三五同伴喜歡在背好注音符號與九九乘法，大人睡午覺的時刻，聚在門口埕跳房子、玩家家酒，班上數學常考滿分，話不多的一個男生，常被跟另一個女生湊對扮演新郎與新娘或爸媽的角色。那陣子不知哪來一個踩著木屐的阿姨，四處咆哮不堪入耳的髒話，木屐敲打石階的聲音，與她的漫罵聲形成一種詭譎的對比。一開始，只要漫罵聲由遠而近，孩童便如驚弓之鳥躲在角落偷看。時間一久發現她沒有攻擊性，幾個頑皮的孩子邊笑喊：「肖仔來了，大家快來看！」一邊用橡皮筋射她，奇怪的是，她也不會閃，仍兀自地叫罵。後來，漫罵聲消失，穿木屐的阿姨不見了，數學考滿分的男生也轉學，老師說男同學陪父親帶母親去臺北的療養院治病了，當下哄嚷不已的教室頓時鴉雀無聲。許多年來，我幾度試圖把這段舊往從記憶檔案裡刪除，可它卻自行復原，如果這是生命在教導我，即使悲淒也是人生的一景，我何不練習勇敢面對。

老家對面雜貨店的老闆跟家裡是世交，可是有一個錙銖必計的牽手讓老闆左右為難。某次阿公如常去店裡拿了幾樣什貨，因生病神智恍惚忘記付錢便轉身離去。當家的老闆娘立刻上門討債，阿公氣呼呼地表示自己沒做賊，只是不記得有沒有付款，但老闆娘一口咬定阿公沒給錢。爭執愈演愈烈，好在老闆趕緊過來勸阻說大家都老鄰居了，這樣嚷嚷成何體統，她

兒時跳房子的遊戲，成了長大思故鄉的回憶。（鄭春山提供）

反諷老闆做好人不打緊，但親兄弟也得明算帳，若每個人客都那樣，乾脆關店算了。最後阿嬤看不下去，道歉退貨了事，老闆娘也被老闆拉回店裡去，一場鬧劇才得以落幕。

每天，賣手工豆腐的阿伯會在固定的時間沿路叫賣：「豆腐——賣豆腐——好呷的豆腐——」，通常他會在大埕卸下扁擔，等生意上門，左鄰右舍聚集搶購。油豆腐雖好吃，但家裡偏嗜白玉般入口即化的板豆腐。若向隅豆腐伯的豆腐，還能去跟離大埕不遠的松仔買，松仔是養豬人家，也有做豆腐在賣，可是大家都不喜歡豬的味道與叫聲，大人習慣派小孩在門口等豆腐伯，等聽見叫賣聲就趕緊拿著事先準備好的銅板去買。

還有一位小個頭，人喚她王貢的歐巴桑，經常背著一大袋煤炭去鎮上挨家挨戶兜售，長期負重下來，背已嚴重佝僂也不聽家人勸，只要不下雨，就能看到她賣煤炭的身影，歐巴桑的記憶力強，只要跟她買過一次，下回她就會去敲門詢問有無需要再添購。阿嬤也曾帶母親去更山裡拾煤炭，趕在黃昏前回家劈柴起灶，如果撿的煤炭不足也會跟歐巴桑買。後來我問母親當時怎麼沒想過賣煤炭賺錢，她說清苦的年代怎有辦法撿到多餘可賣的量，夠自家燒灶用就偷笑了。那時的聚落，幾乎每戶皆有煙囪，瓦斯還不普遍，無論吃飯或洗澡，都得靠煤炭燒水，用煤量極大。炊煙四起的傍晚，煤炭味從這家灌入那家，有時被薰到眼睛睜不開，少不了幾句沒惡意的抱怨聲。

在重組這些吉光片羽的過程中，我不確定自己是否有遺漏了什麼，偌大山城浮世繪，假若不小心碰掉了小小的一塊，就無以完整地呈現兒時韶光，而我渴望珍藏關於聚落的每一幅風景，縱然有的角落不一定風和日麗。

啊，對了，攀爬茶壺山的廢煙道，之於我跟許多當地人就類屬不風和日麗的定位吧，以致潛意識中我沒將之列為得天獨厚的名勝。不要說是我小時候，就連母親也沒去過；然而，逾四十寒暑，它真實存在，並且成為礦山指標之一。去歲看到報導：「廢煙道在內的整個廠區重金屬砷還有銅等都超標，土壤含重金屬，最高超高達兩百倍，大量吸入恐導致嘔吐、血尿、肝腎病變等情況，甚至罹癌、死亡，市府早有公告此為污染管制區禁止進入……」仔細一瞧，原來是那三具號稱最長煙囪，廢煙道的新聞。搬離故鄉，重新看到攀爬於茶壺山的圓拱形巨物，是透過藍山咖啡到此地取景的廣告，彼時只覺得有一種滄美，等了解背景才知又是一樁當地的悲涼。臺金公司建造第一條廢煙管，穿過舊的三坑道，讓砷、硫通到山後排放，這條煙道不久就腐蝕，後來又建兩條備用的煙道。時至今日，長輩們提起其危險性仍餘悸猶存。

母親說那些登上煙囪邊走邊照相的遊客還真有膽量，小時候，那邊是聚落囡仔的禁地。採金量慢慢變少後，臺金公司蓋水湳洞煉銅廠，沒想到排放的銅煙成了空氣污染的源頭，六坑下方雖建了六十米高的煙囪，但方圓百里還是烏煙瘴氣，連煙囪本身也因毒煙腐蝕而不能使用，

長長的石階，在百轉千折之後，究竟有怎樣的景象？

周遭幾乎長不出雜草。有一回隔壁的阿珠跟幾個較年長的孩子偷溜去那玩，結果回家就被罰跪算盤。母親說自己當然也會好奇，但想到會吃上一頓竹筍炒肉絲，便打消冒險的念頭。

我一直在想，當年究竟是怎樣高超的「功力」，才有辦法使鋼筋混泥土製成的煙道腐蝕，甚至斷裂？人為一己之私，虛索無度，廢煙道無言見證著歷史，其中的是非功過，我無權也無欲去評斷，且待天地去註解。

不管我是五歲或更長的年紀，玩伴們多流行去水湳洞，縱使那邊有片一分為二的特殊海景、海賊出沒等傳說，就是勾不起我的興趣。孩童朝刺激的國度探險之際，也剛巧聚落的午眠時間結束，大人聚在屋後的大樹底，一夥人各自搬來矮凳，熱心的阿水嬸會備妥茶葉，等全員到齊便開始天南地北話起家常。阿水伯在鎮上做生意的胞弟，回憶當年一大批翻山越嶺、飄洋過海的淘金客，在六百多公里長的地底焚膏繼晷開挖，任憑千瘡百孔的山哀嚎叫疼，還是一貫性地裝聾作啞，「人吶，就是想發財，整座山搞到崩掉也不在乎。」妻早逝又沒小孩的外省伯伯，領了退休俸隻身來此安養暮年，他說外地人都看這是一座豐富的礦體，但經日據時長期開採，就算真的是金山銀山也會被挖得精光，最堪憐的莫過這群礦工，賺也沒幾個錢，退休時還不問人願不願意，就附贈大家聞之色變的矽肺病。一口帶著濃濃鄉音的國語，夾雜在眾多閩南話中，非但沒違和感，還情真意切引起共鳴。

「金礦頭家起大厝，礦工求呷飽。」比阿公長許多歲，在九份做礦的老礦工說到激動處，有點哽咽。「連九份也是，金礦坑的沙塵顆粒細，比煤礦坑的更容易吸入肺裡，好在當初頭家對阮這些礦工真照顧。」臺灣光復後，老礦工受雇於一位陳姓金礦老闆，陳老闆看見礦工們根本是拚健康在換錢，就盡所能地照顧他們，常在家裡設宴請工人吃飯，賓客不絕，老闆娘從早到晚張羅飯菜忙得不可開交。只要有礦工跟陳老闆開口，他便會拿剁金仔的工具，按需求剁些金塊給借貸的員工，讓老礦工最感動的是，他沒讓員工簽署或畫押任何的借據，就算日後沒還，陳老闆也不在意。這點讓家人非常不諒解，夫妻甚至曾為此起爭執，後來經過陳老闆的說明，為了感謝礦工冒著罹患矽肺病的危險，賣命採礦，自己只能盡力照顧礦工的生活，家人才釋懷。陳老闆待礦工如兄弟，跟他們大口喝酒，總要喝個七、八分醉才盡興，長年累月下來喝垮了身體，最後離開人間。陳老闆過世後，老闆娘誤用印，整個金礦股份遭侵占，家道隨之中落。

我僅能以想像力，揣度長輩口中的辛酸，那是一個多麼渴望改善生活，卻又如此無能為力的年代。在暗不見天日的坑底工作，金礦老闆的和善是礦工的一盞亮光吧。

當然，聚落不是悲慘世界，自然也有其小確幸，比方帳戶多了兩千元，每個月阿公會把母親跟阿姨在外地賺的錢存入郵局，等到積累到一筆金額再轉定存。而屬於孩童的小幸福莫過於暑假時，阿嬤準備冰鎮仙草給我們消暑，還有阿姨做的布丁和綠豆冰棒，雖然不像市售的布丁那樣甜，吃起來倒有種古早的香醇，難得回來的表弟也一起手作冰棒，幾個小蘿蔔頭用小湯匙把煮好的綠豆舀入製冰袋內，放進冰箱冷凍，嘴饞的我們等不及結冰就開來吃，冰棒變成了綿綿冰，儘管這樣，那滋味至今仍讓我垂涎。

又譬如冬至前，左鄰右舍的婦女齊聚一堂搓湯圓，這是孩童的歡樂時刻，各人搓著手中的湯圓，年長阿嬤們動作相當俐落，會來幫年輕婦女忙，同心協力完成各家的湯圓，在清一色紅白相間的湯圓裡，夾雜著許多三角形、扁狀或不規則形的湯圓，大人哄堂大笑說一看就知道哪些是囡仔搓的圓仔。這時陣差不多到了各種粿出籠的年節。阿嬤會先將磨好的糯米倒入麵粉袋中，確定袋口已用繩子綁緊後就拿到長板凳上，以扁擔繫繩施壓，讓水分慢慢地流出，再仔細地搓揉脫完漿的糯米成麵團，然後把做好的粿放入竹蒸籠，置於大灶蒸煮。新晾的衫褲未乾，甚至大人洗好的嬰兒尿布也須靠放在取暖用的炭火上烘乾，衣物的溼氣與炊粿的蒸氣交融，整個空間滿溢人情與團圓的溫暖，屋裡一片擾人的溼答也就沒那麼討厭了。

在某些方面，金瓜石的生與死，那一線之隔的強烈對照，是其他地區難以看見的。踏進礦坑，生存、喪命；富貴、貧窮等摻雜未知的各種可能，養成百姓認分守己、珍惜當下的性情。

夏日，海天一色，白雲如棉花糖、翠綠的山巒，四面圍繞金瓜石，宛若構圖鮮明的印象派畫作。有次佇足大肚美人山，看著腳下的黃金海，能生長在這樣得天獨厚的聚落，我內心感恩之情油然而生，位處高山上，竟又離海那麼近。但到了冬天，雨季十分漫長，聚落又靠近山頭的墳墓區，溼冷的空氣瀰漫著灰沉的氛圍。霪雨連綿，還好有大同電視陪著我，雖然只有三臺可看的黑白螢幕上，千篇一律演著我看不懂的武俠對白。晚上不到九點，阿嬤就哄我去睡覺，說沒乖乖聽話早點睏會長不大喔。屋外落著雨，還沒念小學的我，聆聽滴答滴的聲音，身旁熟睡著小自己三、四歲的弟、妹，只有我還無聊地清醒，躺在床上，天馬行空想，山上墳墓裡死去的人，是否也跟活著的人一塊在聽著孤單的雨聲？

不知是否由於從小生活在與死亡和平共處的環境，礦山子民對死亡並不恐懼，反當它是人生的另一片風景。前幾年的清明，與家人返鄉，弟駕車行經雜草遍生的山徑，路旁是整片的墳墓區，只須搖下車窗，一伸手就能觸及墓碑，這幅景象讓我想起當年上帝的手按在先知以西結身上，差遣他對平原那些極其枯乾的骸骨發預言，說祂必使氣息進入骸骨裡面，他們就要活過來。果然，正當先知遵命發預言之際，氣息進入骸骨，骸骨就活了，並且站起來，成了極大的軍隊。彼時，我突然有種奇異的想法，假如我同樣聽見從天上而來的聲音，按手在其中的墓碑上，當場是否也會發生從死裡復活的神蹟？又或者，倘若我領受了上帝的啟示，舉手為土地祝福，聚落是不是就可以重新甦活過來，回到往日的繁盛？我想著生命氣息與死亡記號在眼前重疊，篳路藍縷、建立家室、披星戴月、養育後代等畫面一幕幕浮現，先祖遺傳子孫其安分、刻苦諸多風範的影響，絕對超過碑上的文字。

難得回鄉，弟開車先載家人們去看看老鄰居。我則獨自沿車站步行，昔日炒栗子、糖葫蘆等攤販匯聚之地，現今已被改建成校區。小吃店門緊閉，不知道還有沒有營業。再往下行經兼做豆腐的松仔養豬戶，豆腐香與豬仔叫消聲匿跡。空盪盪的大埕（不知何時多了「五號寮舊戲臺」的名稱）只有幾隻土狗。阿喜雜貨店沒做生意了。舊家屋後的老榕早被砍掉好多年，可當年大樹底，鄰居們沏茶細說矽肺病無藥醫的辛酸、視礦工如親的金礦老闆的溫暖等閒扯淡的過往依稀浮映面前。

天邊又聚攏了霧，我小心踩過長長的路坎仔，跟家人會合。室內，長輩們正在翻舊照、聊古早，看我到來，母親忙跟人介紹我是她的第幾個孩子。鄰居指著全家福裡的其中兩位，說是童年跟我在老家門口埕一起玩家家酒的同伴，問我記得否。果真年華如湍流，小時候一起長大的孩子，現在皆已霜染髮鬢，如果走在路上必然是相見不相識啊。而阿公、阿嬤也先後凋零好多年了，想起小時候阿嬤說的：「沒乖乖聽話早點睏會長不大喔。」如果，當年我要賴像都市夜貓族，那麼，時光是不是就能走慢些，阿公跟阿嬤就能多陪伴我們幾年？

同樣的相片，學生時，看以前的聚落好純樸；現今仔細瞧，忽然驚覺也許是在那個艱辛的年代，大家首要任務就是圖吃穿飽暖，如果有閒錢也會存著未雨綢繆，又怎麼可能拿去裝修房屋。這樣想著想著，心裡不曉得怎會有點酸酸的感覺？甭管了，再想只怕難有結論。門前斑駁的路坎仔朝遠方延伸。呵，歲月清醒著，階上的苔蘚也不遑多讓，自顧自地青綠。

一晃眼，屋外的霧色更深了。

霧色中朦朧的山頂，籠罩著另一層次的風景。（林劭璜攝）

讀石

從小到大，石頭總令我有莫名的親切。特別是窗前那塊來自山野，長年沉浸陽光和雨聲的礦石，飽含太初的純淨氣息，誠如安靜的矮丘，不打擾地成為我讀書寫字的盾牌。偶有煩亂或沮喪，置之於掌中，仔細爬梳其岩層紋理，手指觸及堅定的質地，讓人領受到力量。我無法確認這種安心所為何來，直至從戶謄上看見阿公職業欄裡的「礦」字，霧般的疑問才逐漸解開。

對石頭的鍾意源於故鄉，這裡多石又產礦。經常，從山那邊毫無預警傳來砰的聲響，幾位長輩跟阿公在大樹下圍坐泡茶。阿公笑說這下不知爆出多少金仔，同伯應道當然還是石頭多過金子啊。轉頭看在客廳寫功課的我，阿公跟同伯說盼囝仔認真讀冊，日後謀得好頭路，不然靠挖礦吃穿實在太艱辛。早上八點至報到處填寫派工卡入坑，下午兩點領卡登記出坑，若過了下工時間礦工仍未領卡，主管就會派人找尋失蹤的礦工，只是生還機率極低。一夕致富者少，命喪坑底者多，就算僥倖逃過矽肺病，坑內的石頭何時會吞滅誰也沒有一定。阿公提及如果遇到岩塊瞬間崩落或坑底沒空氣，大半是凶多吉少。那種一旦入坑卻不知能否平安回來，全家跟著七上八下的折騰，使許多年輕人不想再看山生活，寧願選擇一階一坎地踏出故鄉至外地討賺。

又或者大家都達成了共識，與其和大自然搏輸贏，不如跟人一較高下，還有絲毫勝算的可能。愈到後來，聚落徒餘童叟之輩，罕見年輕力壯者活動往來。有關童年聚落的斷簡殘篇，就因石頭而埋藏在記憶裡，一直陪伴我度過懵懂人事，走進嶄新里程。

如今，憑藉鮮明印象，我踩著石頭路，重溫童年猜拳數階梯的單純，石頭不僅滋養整個聚落，也串連今昔的韶光，路面經年累月的歲痕，更成就居民跟石頭的緊密。依山傍海，霪雨紛飛，為因應此氣候，大家拿石頭做房屋建材，防潮。繞過一爿光禿的菜園，眼前半堵頹圮的石垣，斷裂的四方石證明過往顯赫。佇立在傾塌的祖宅前，我撫過用碎石填充砌成的斑駁牆面，小時候不解怎麼厝邊是長方形牆，而我們的住家是碎石牆，長大後才明白形狀方整的四方石為有錢人所選購，一般人只用得起不規則的雜錯石來砌牆。阿公說石頭形狀無要緊，堅固最重要。挖了半輩子的礦，左鄰右舍鮮少有人因此大富大貴，但未更改認分、守望相助的個性。假如遇到有人正好在颱風前出遠門，沒來得及綁風颱，鄰居會自動地幫忙把外出者的屋頂綁上風颱石，這樣的情分縱有千金也難買，同時教導我溫厚待人。

宛若不同時序各具風情，石頭也有季節語言。春和。夏涼。秋潤。冬暖。存立天地間，

本山五坑出坑的礦工，能平安地下工就是一種福分。（鄭春山提供）

見證人生的悲歡離合。我記得，礦山停採前不久，阿公的健康已微恙，在大人補刷過屋頂的瀝青後，他準備綁風颱石，不小心一個踉蹌，所幸有年輕人及時扶住，好心人想幫忙，阿公卻堅持親自綁，先在戶外放置事先找妥的大石頭，在其上綁緊屋面索，然後把它固定於房頂，防止遭颱風吹掀。看老人家如此吃力，鄰居走過來幫忙收尾後，攙他到樹蔭下歇息，說日後粗工交給少年做就行，有歲了要保重。阿公道謝說趁身體還行多做些。那個夏天，是他最後一次綁風颱石。

對於老人家沒來得及正式交代任何的隻字片語便凋零，一直是家族的缺撼，有時候聚集，眾人總互相談論，擔心老人家有未竟的心願，卻又懊惱不知該怎麼達成。儘管沒親耳聽見阿公叮囑的具體言語，但我曉得他不捨子孫像先人那樣的望山怯步。以及，我們能記住那堅持親自綁風颱石的佝僂身影。而樸素與堅毅正是穩固家園的磐石。

陳年雖遠颺，而血濃於水的鄉愁與親情，礦與石的連結，或粗獷，或光滑，皆是生命裡的寶貝，祈願我能有若礦如石般堅毅的性情，於顛簸人世中，閱讀昨昔，書寫今朝。

午后時光

晨間，悅耳的鳥鳴取代了鬧鐘把我喚醒，誠如詩人在《詩篇》所說：「白晝耶和華必向我施慈愛。」一度過整個早上安靜靈修，讀經和禱告之後的閱讀，字裡行間不乏亮光，思緒也有行雲流水般寬闊。身在此山中，更是深刻體驗造物主的厚恩。午餐後，多數人家大都習慣小睡片刻，養精蓄銳迎接黃昏的炊事，而我自是分外珍惜鄰居午寐，自己獨醒的時刻，一個人離開民宿至戶外漫步。我把這段和大自然相處的片刻喚做午后時光，在這幾個鐘頭裡，我彷彿自己的皇后，趁著無人聲打擾的下午韶光，恣意享受天地間的美景。

以往，遇上得當天通勤往來臺北的行程，為節省時間，我大抵都就近看看黃金博物園區，走走本山五坑內模擬坑道。在更早之前，黃金博物園區尚未成立時，從車站下了客運，我會往老家的方向走。行經一段石階路，右手邊還能看到當年尚未被拆除的活動中心。小時雖然家裡沒有餘錢讓我看電影，可是與同伴跟在大人身邊瞧大夥天南地北的閒扯淡，聽賣棉花糖、炒栗子、糖葫蘆的攤販各憑本事的兜售聲，就是一幅靜好的夏日風情圖。

然而，這樣的靜好，也有結束的時候。童稚的午後時光在我念小學三年級就畫下休止符。某天如常的早晨，阿嬤帶我到房間探久病未癒的阿公，阿嬤要我跟阿公講再見，她說也許我當天放學回家就看不見阿公了。當年阿公臥病在床很長的時間，在昏迷與清醒之間進出醫院許多次，小小的年紀雖不清楚死亡的意義，阿嬤的話卻讓我的胸口像被重物擊中般難受。望向氣若游絲昏睡的阿公，我只說：「阿公，我欲出門去讀冊哦。」不想說再見，是希望能再見；可惜那句沒說出的再見，仍無法延緩即將發生的事實。當天還不到放學的時間，班導就帶著哭紅雙眼的母親來帶我回家。然後，我們晚輩跟著大人哭喪的隊伍，沿著學校前的馬路一直哭回家。死亡硬生生地擄走了阿公。也終結了童年的午後時光。

搬到臺北後，童年的活動中心儼然成了我最懷念的私房景點，也是早年返鄉我常去的地方，可惜後來臺金公司停止採礦後，把產權移轉給臺糖公司，活動中心便終止營業。每當經過，看到那一個個跑步、打羽球、投籃的青春身影，是點亮聚落未來的一盞盞明燈。面對瓜山國小前空盪盪的運動場，我懷念起從前跟同學們在這裡笑鬧的課外時間，實難想像現下的五年級竟會沒有任何學生就讀。另一個比瓜山國小更早與我有知識聯結的石山托兒所，如今大門深鎖，想必也是空置著，它的下方設有遊樂場，我坐在鞦韆上，想著以前大家爭先恐後玩各種遊戲設施的情景，現在不管玩多久都沒人來與我搶了。遊樂場旁邊有一堵老牆，斑駁的牆身可見歲月的痕跡，上面不知是誰題了幾行詩意的字句，搭配幾筆手繪童話風塗鴉，置身於此，彷彿又回到愛發文青夢的學生時代。如今，成年的我走在故鄉，獨自看著熟悉的景致，想著該怎麼讓只有一個人的午后時光變得勇敢；但眼淚不爭氣地滑落，也罷，在故鄉，脆弱與悲傷成了遊子被家鄉無條件接納的明證。像我對聚落的眷戀，不管是烈日當頭或無預警將我淋得一身溼的傾盆大雨，甚至攤展在眼下蜿蜒難行的路坎仔，我仍義無反顧，走向未知的風景。

從童年最熟悉的金瓜石車站，也就是現在的遊客服務中心，在它旁邊有一條筆直向上延伸的石階，這是石尾路步道，路口有貼心設計的導覽地圖。我割捨原本預訂的水湳洞漫步計畫，也不按一般觀光客的地圖走，反而嘗試探訪這條昔日沒踩踏過的路線，憑著有限的記憶與搜集的資訊，慢慢享受專屬自己的午后時光。放慢步履，午後的陽光兜頭灑下，眼前的路更明亮，殘舊的房舍與荒涼的駁坎紅磚零落在兩側，除遊客中心旁的四連棟日式宿舍，經過整修並開放參觀外，其眼目所及徒留磚牆殘跡。

在石尾路步道的末段，腳下的石階路已不復見，取而代之的是小時候常見的泥土路，濃蔭掩去了大半的陽光。步出樹林後沒多久，遠處一片碧綠的山坡，光禿成黑色的大岩塊出現在面前。日本時代，田中組曾保留這片山坡給當地人開礦，採出的礦石經過篩選，那些毫無用處的礦石就被淪落至此，也就是俗稱的捨石場，闇黑的礦石像黑色的肉塊，故以

瓜山國小偌大的運動場，在山巒的懷抱裡，遊戲在其中，心也開闊了起來。（吳乾正提供）

「黑肉坪」稱之。經過這裡再沿山路往上邊走沒多遠，看到一個被雜草遮掩的豎井遺跡，早期扮演礦坑通風器，以及協助落礦與吊運器材的角色。淘金盛年，總面積不足五平方公里的金瓜石礦區，地上、地下全部的坑道接連起來，全長約達六百多公里，不只地底遍布蜘蛛網般的坑道，路面的豎井也隨處可見。聽老一輩說過：「初一掉下去，十五才聽到喊救命。」這句俗語用來形容豎井的危險性再恰當不過，萬一跌落，就算呼救，可能也來不及了。礦坑停止開採後，這些荒廢的豎井泰半為雜草所掩覆，聽說以前還曾發生過遊客跌落豎井的意外，因此，長輩得知我要走石尾路步道時，再三叮嚀我務必格外注意安全。約一公里長的石尾路步道，繼續朝前走，會看見置放於路邊或黃土或黑灰的礦石，行經至此，我宛若看見那個繁華的淘金夢，夢醒後，腳踏實地成為礦山百姓的生活準則。

石尾路步道走到盡頭，眼前寬闊的道路就是金瓜石地質公園步道，此地本來是當年礦區開採時用來載運礦石的車道，如今成了花木夾道的公園。半個鐘頭左右，總算抵達昔日發現金源的大金瓜露頭，這裡就是俗稱金瓜山的本山礦場。日治時期，取得金瓜石礦權的田中組，由大金瓜本山陸續開鑿出本山一至七坑，待臺灣光復以後，又開通海平面下的第八、九坑。一九八〇年後，礦場引進重機械進行露天開採，整個山頭被剷到只剩五〇五公尺，本山一至三坑也因而不見。四坑則毀於琳恩颱風。座落在黃金博物館旁的本山五坑經過整治得以保留，目前開放參觀。位於斜坡索道下方的六坑，礦坑口仍清楚可辨。靠近水湳洞停車場的是七坑，而八坑、九坑早已消失。

屬於金瓜石的璀璨之頁起於本山，這裡最初不過是有幾戶住家的貧脊山區，直到在本山發現金礦，「金瓜石」的地名從此成就出聚落不朽的傳奇。我刻意放慢步伐走這條本山步道，不願為了公式化的散步而外出，希望能由緩慢中讓身心靈放鬆，學習大自然裡那份安靜的力量。行完長長的石階路，一路走來早已汗流浹背，但從這裡俯瞰金瓜石，正巧把聚落的景致盡收眼底。冷風拂來，滌去身上的悶熱，我經過一座小小的橋，信步踩過古意的石階，看周遭盡是人煙稀薄，大多是草木叢生的景致，徒生金風掃落葉之嘆。繞回遊客中心，傳訊息跟民宿主人報平安，免得他們擔憂我這位離鄉多年的遊子在山林裡迷了路。黃昏時分，周間的黃金博物園區沒什麼人潮，連老礦工也沒出來擺攤，我只得打消聽故事的興致。

走呀繞啊，潛意識仍是往老家的方向行，想跟以前一樣，到五號路的商店買罐沙士喝，但小時候買零嘴、玩具的柑仔店沒開門，連當地人最喜歡光顧的阿碧小吃也不會再賣熱騰騰的包子了。無論經營雜貨店的文慶叔或小吃店的阿碧姨，都跟大人有深厚的交情，也是看著我讀小學的長輩，但離鄉後已好多年未見，經常在異域憶及故鄉，總有但願人長久，千里共

一九八〇年，台金進行露天開採，龐大的怪手不住地向內挖掘，
山丘無聲地哀號著。（鄭春山提供）

嬋娟的祝福。當得知碧姨二〇一七年底已在睡夢中辭世，聞言瞬間，腦際浮現之前回鄉與她在車站不期而遇的畫面。那天也是午後，她從我斜對面走來，似曾相識的面孔讓我放慢了腳步，兩人互望了半晌，她先打破沉默：「妳是阿香的女兒？」我微笑頷首，碧姨說因為我像極年輕時的母親，所以一眼認出我來。我們簡短閒聊，然後道別。彼時母親還健在，聽我提及碧姨，直說要抽空回鄉看看老友。如今，那一次的偶遇，竟成了我與碧姨最後一次的互動。而母親也在碧姨離開的隔年，從自己的人生舞臺落幕。

在一個人的午后時光之外，有時候當然也會有三兩好友一起上山，我們通常在九份吃完中餐，再搭客運到金瓜石，在只有幾個小時的午後要介紹故鄉，加上友人對黃金較沒興趣，一致決議不再光顧黃金博物館。身為東道主，我只好帶眾人逛逛一般遊客常走的路線。就從電視劇《轉角遇到愛》的拍攝地四連棟起首吧，這棟極富歷史紀念價值的古樸建物已規畫成生活美學體驗坊。在外面排隊等候入場，映入眼簾的黑屋瓦、紅磚牆深深吸引著遊客的目光。這裡原住著日籍職員與家眷，戰後才改成臺金員工宿舍，四戶一棟式的設計，每戶皆建有玄關、衛浴等設施。除了規畫成行政場所的第一戶不對外開放，做藝文展覽與播放記錄片的第二戶，以陳列日治起居主題的第三戶，以及呈現臺灣光復後生活的第四戶，皆讓人感到像搭乘時光機回到了從前，每個角落承載不同的人文與建築之美。緩步輕移在質樸的木製地板，唯恐不經意就弄縐了昔日的臉容。我們欣賞由客廳至臥室，從廚房到廊道，內部擺設的簡樸家具、散發民初風味的棉被花色、碗櫃、囍字熱水瓶、木馬等物件，以及在整修過程發現的防空洞，皆反映出金瓜石在日治與臺金鮮明的時代背景。

從四連棟離開，經過礦山小集與幾家商店後，再往前走，經過派出所、郵局，復朝石階往上走就是彷日本皇宮所建的太子賓館。據曾在太子賓館上過班的耆老說，太子賓館屋頂用的是日本文化瓦，瓦型達七種之多，屋身沒使用鐵釘，採以榫頭組合與黑檀木、檜木、櫻花木等高級木材建造，玄關的門框窗格採富士山的立體雕飾裝飾，深具日式建築特色。我最喜歡那棵百齡老茑，更早些年，庭園外的石桌椅區還開放供遊人歇憩，有時我就獨自坐在石凳上望著對面山景，什麼也沒想，發整個下午的呆，離去之前繞去探九茑幾眼，頂天立地的英姿，教導我俯仰無愧於宇宙之間。只是顯然朋友們對迷你高爾夫球場、射箭場的興趣勝過這棵老樹，在詫異當年的小小聚落竟有此巧奪天工的建築外，除了讚嘆，也惋惜當年行程滿檔的昭和太子沒時間來到這個美麗的居所。

從童稚到年少，或晴或雨的午後時光，我曾奢望窺見，甚至保鮮每幅過目的風景，直至光陰的手在人生每個驛站烙下銀色的印記，由淺而深，且無一人倖免，我才恍然，再美的時序終有它的周期，人只能趁當季沿路拾掇，盡情欣賞，而後珍藏於心。

天色欲暗未黑，走在鮮有人車的金九公路，經過空無一人的運動場，只有花草在風中搖曳的舞姿，以及，我自己一個人，靜好的午后時光。

聽古早傳說

不知山下的你是否一切安好？曉得你非常喜歡聚落的山水人文，以及你深刻緬懷著童年，並且為沒能在這裡度過整個青春年少而惋惜，每次見面你總央我多說些兒時趣事，像是這樣就能複習你自己向隅的童年。上回你到訪，本來晴朗的天空竟下起了雨，我阿爸說：「真湊巧，你一返來就落雨，現在的金瓜石已罕得落雨了。」記得小時候，只要連下幾天的雨，阿嬤便跟阿公抱怨：「這雨落不歇，落到棕蓑生青苔，落到棕蓑生蝨母，衫褲攏不乾，看欲安怎才好？」由於東北季風的關係，當年金瓜石連續下超過半年的雨是尋常之事。

你說童年潮溼到連蓑衣都會長出青苔的雨季讓人想念，也是，沒走進雨中的金瓜石，怎麼能算來過金瓜石呢？雖然霪雨霏霏，但大家天南地北閒扯淡的興致不減，聽我阿爸說了好多往昔的生活，令咱們感興趣的無非是跟挖礦有關的人事，那是連我這個沒離鄉的人也陌生的區塊。寶島的金礦權，先是臺灣原住民發現金沙，再為漢人強取爭奪，後來日本人接管後，用先進的技術，成為最大的獲利者。只是無論由誰經營礦山的開採權，各路人馬均有分一杯羹的欲望，於是除了有白日合法的挖礦人，也有晚夜才出沒的非法採金賊。

日治時期，偷金一旦被逮必有讓竊賊求生不得，求死不能的酷刑，儘管如此，私拿金礦的風氣還是很盛。當然，日本人也有偷金的案例，只不過多半發生在層級較高者，他們在臺灣與工人合作成功竊得黃金便嚴密地收藏，等安全帶回國後再賣掉。尤其在九份順手牽羊並非難事，由於彼地的黃金為水成岩所形成，上工前將水銀偷渡入坑，若發現金礦，直接把金礦放進鐵碗，加進水銀，用鐵鎚取出礦石中的黃金，拿粗布將未混合的水銀濾壓，等它變成銀色軟球狀的水銀金，再以痲糬紙包好設法挾帶至坑外帶走，到家後將水銀蒸發回收取得海綿狀的黃金，看是待精煉成純金再賣去金仔店，讓店家鎔鑄成金條或製作金飾，或拿金仔去變現，銀樓老闆會先在試金石上畫一道，再用試金棒分別以相同顏色畫試金石，兩相比較符合的色澤，檢視黃金的純度以核算金額。

相形之下，要想從金瓜石的礦坑帶出金礦就沒那麼簡單，阿爸提到咱這裡的金礦屬氰化性礦質，得通過氰化處理，才能取得黃金，而偷拿含金成分高的礦石容易被逮。從日本投降到臺灣金銅礦務局成立前，挖礦的人潮自四面八方湧入聚落，其中不乏以盜採金礦討生計的人。在政府接管後，恢復管理制度，同時派保警看守坑口，竊金情形雖有改善，但面對當年高昂的金價，有時光一次竊金所得，就等於許多年的薪水，即使偷金一經查獲就移送法辦，且公司永不錄用，以身試法者仍大有人在。

金瓜石人喚私自進坑採礦者做「九婿」，你從春山叔口中獲知這個稱呼，才曉得它源自九份，聽聞當地有位承包商曾採得數量驚人的金礦，有一天半夜坑內被盜挖，竊賊遭逮進行逼問，供出「九婿」兩字，意謂整件事幕後指使者是承包商的第九個女婿，此後九婿成了採金賊的綽號，因「九婿」的閩南語諧音與「狗屎」相近，故也有「狗屎」一說；另外也有人稱為「散花仔」，「花」就是胡亂盜採，意指專門偷挖沒人看管之坑道或廢坑者。九婿的任務較一般工人危險，入坑必須穿草鞋預防地面的溼滑，既耗精力又得躲保警，因而發財者寥寥無幾，為掩人耳目，進出礦坑只敢走無架木維護的舊巷道，就算竊取高品質礦沙帶去坑外提煉，也極易走漏風聲，假設再遇上同行黑吃黑，更只得屋漏偏逢連夜雨，啞巴吃黃蓮。

如果不幸九婿遭逮捕被移送法院審判，除本人被保警刑求，也會牽連家人，因此，通常九婿們會私下透過關係，逢年過節送禮給掩護者向他們道謝，為探得何時有保警值勤的消息，或在執法人員進坑臨檢時以強光警告，但仍有許多九婿被捕，打聽之下才知除了一般的臨檢，當年的隊部、五坑、六坑、水湳洞分隊均會互調臨檢，最惡劣的是有少數跟九婿收了錢的保警，還暗中洩漏蛛絲馬跡讓其餘的保警去逮人，還有的是向九婿借錢不成翻臉，便直接去當事人常出入的坑口逮捕，九婿相當清楚坑內環境，先擺脫保警，再鑽進另一個巷道，從別的坑口離開；萬一不幸被捕，就得接受嚴刑拷打。

公司從業人員在礦坑發現高品位的金礦時，很難不起貪欲，但多半先隱瞞情報，假裝若無其事繼續上班，靜觀其變伺機而行。春山叔提過有人會將消息傳達給九婿的親朋好友，請他們設法竊取，事後再分贓。只是九婿私採金礦的時間有限，來不及的話，或掩飾或裝袋先移去隱密處放，可是若被一塊當班的九婿知道，難保不會聯絡其他親友去拿偷藏的金礦。也有在公司發現富金礦指派保警值勤，卻被九婿見縫插針，反趁此機會與其合作，在極短時間裡竊金成功的案例。

這些老一輩口耳相傳的過往，成了年輕一代珍寶般的記憶，我們無法體驗做九婿人在江湖的身不由己，只能天馬行空地想像他們躲避追捕的心驚膽顫，與逃脫後那僥倖的卑微。

離開數十載，實在錯過許多故鄉事，一如我說過對聚落身世幾乎是間接得知，包括出自它的各種礦產，進一步的鉅細靡遺，都是憑著像你講的「天南地北閒扯淡」，可是我卻樂此不疲，像只有這樣，我才能一點一滴修復斷層的記憶，若不是再聽你提起這些過往，小時候的種種，我又怎有機會記起。

相信你和我一樣記憶猶新，交通運輸不便利，起厝的工程成了聚落的大事，房屋的建材需要鄰居們協力分工，大人負責做粗活，小孩就幫忙稍微輕鬆的搬運工作。放學後寫完作業或假日，聽說有那戶人家在整修房子，孩童們便結伴去打工，看誰磚頭搬得多，大人再按搬的磚塊數算零用錢。拿了錢當然是一溜煙地跑到柑仔店買梅子餅或彈珠，偶爾也玩抽抽樂，令人緬懷的單純韶光。

你問我上次回去遇到雨天會不會覺得掃興。我的答案是，非但不會，而且感到榮幸。就像老歲人所言，現在的金瓜石已很少在盛暑落雨了。還能在夏日的故鄉遇見雨天，我覺得親切，像回到鎮日霪雨的童稚，山上善變的氣候，造就居民練習觀測氣象的本事。以前聽長輩說：「春天看海面，熱天看山頭。」形容的是雲霧籠罩茶壺山的炎夏，當茶壺山的輪廓逐漸隱沒，可能就是要下雨了；在春季，如果能清楚看見一望無際的海面，則喻表一日天晴。童年住在聚落時，不是溼冷的空氣，就是霧茫茫的天氣，偶爾連大人也弄不清當下究竟是白天或晚上。

兒時，經常迅雷不及掩耳地就被無預警傳來的炸山聲嚇一跳，當下也忘了問大人挖礦到底是怎麼一回事，每天不只一次的爆破，山不會痛嗎？所以當知道有機會聽老礦工開講，我自是迫不及待地把對挖礦的好奇，一股腦兒傾出，好在令尊不厭其煩耐性地解答。

在礦山，「礦山虎」的稱呼皆代表其「探礦人」的身分，負責協助礦主深入地底找尋值得開採的富礦。高明的礦山虎有辦法覓著三公尺之下的礦脈，識貨的功力備受推崇者非蘇登賢莫屬，傳說他有此致富的本領，是由於當時九份一株萬年青開花，才讓他發了大財，甚至曾讓礦主一次挖得千兩黃金。

瑞芳人有過一則關於蘇登賢在世時的趣聞，聽說他生性節儉，當年，鹹花生是極入味的下酒菜，常聽到小販喊「鹹酥花生」的叫賣聲，閩南語的「鹹」，譯為吝嗇之意，恰巧蘇登賢的姓氏又與「酥」字諧音。於是，當蘇登賢聽到有人在賣「鹹酥花生」，便覺得受諷刺，後來索性付費請小販改喊「鹹仔花生」，不准提及「酥」字；未料小販食髓知味，故意叫賣「鹹酥花生」，想藉以誘使他付更多的封口費。另外也有人說當年如果有人膽敢叫賣「鹹酥花生」，則會遭蘇登賢掌嘴伺候。兩種說法真假如何，無法確定，又或許蘇登賢恩威並濟也說不定。

礦工發生意外的機率太高，為分散風險，一般新進人員，如果是親兄弟，依規定領班不能把兩人分發在同一地點上工，假使真有個萬一，至少能留下餘種。漆黑的礦坑，礦工只能靠隨身攜帶的電石燈照明，通過平行兩千多公尺的坑道，再搭升降機深入一百多公尺的地底到達扒礦土的地方。通常礦工會穿耐磨的粗布衫上工，但坑內的溫度高達四十幾度，空氣混濁的狹隘空間，還沒正式開工，大夥已汗水淋漓，有人只得脫掉衣物，身上只穿著內褲，拿起工具開始彎身扒土。金礦經營者，最擔心的還是礦工盜金行為，無論防衛措施做得再好，礦工還是有辦法私拿金礦出坑。進坑前，礦工必須蓋公司章的戳記，出坑時由工頭逐一檢查身體，確認無偷金之嫌後才放行。只不過上有政策，下有對策，為要提高個人收入，礦工仍盡可能地盜金。據聞礦工偷藏金子無所不用其極，除了常聽說的塞進肛門挾帶出坑，還包含將其吞入肚腹，回家後再吃洩藥排泄出去，也有藏在火柴盒等方式，更狡猾的挖礦者，直接鋌而走險，賄賂檢查員，平分利益，能想到的幾乎全派上用場。許多人揣測，淘金盛行，經常會有上百名趁夜裡在礦坑裡私下採金的人，他們拿煤礦用的炸藥，白日引爆，晚間收集礦粉，再帶出礦區，這些盜金者，利用以前遺留的舊設備，自己汰洗、冶金，有時還能提煉差不多九成八的粗金。

你爸說朋友曾問他：「恁在金仔山討賺，應該很好吃穿才對，到底恁金瓜石出產的金仔攏跑去哪裡？」那真是一段難堪的歷史，誠如上一輩人常在掛嘴邊：「當年挖的金仔，日本人攏總載轉去日本，若欲講發財，那是頭家才有法度發，咱在地礦工憨憨賺賣命錢。」聽著這些回憶，舊時代彷彿閃亮著光芒來到我面前，成為記憶的寶礦，任誰也無法從我的腦海中把它們搬走。

我們都念舊，不曉得這是否與生長的地方有關？過去的日子縱然辛苦，但有好多值得留戀的剪影，特別在這座礦山，那一戶又一戶搭蓋在山間的工寮，如實地上演著挖礦人對財寶的癡妄，當然也有只求吃穿飽足者。無論在故鄉或異域，你總比採金人還認真，不斷挖掘遠颺的古早，譬如某些連我輩都不太知道的典故，可你卻可以如數家珍，我曾百思不解它們的魅力何在，直到親自查看那些你朗朗上口的俚諺，明白背後的典故，自己竟也開始對這些礦山物語愛不釋手。

咱們家鄉話「好事」說「好坑」，「壞事」說「歹坑」，據聞這也是起源於聚落的採礦文化，當年，礦坑炸開後，無論坑或大或小，含金量高者為好坑，反之為壞坑。至於老礦工說的：「好坑或歹坑還未知，入坑已經埋一半」，則是象徵採金人的無奈。

阿爸常叮嚀我們，聚落百姓，人窮志不窮，在他年輕力壯時，挖礦的工作雖靠山賞飯吃，只要拚搏也能溫飽，同事間沒有誰與誰有心結或過不去的事，都會彼此扶持。礦區流傳「忽笑阮散，炮仔聲陳即會知。」意謂著人的發達與落魄沒人能掌握。因此，礦山子弟以此為鑑，不敢瞧不起窮人，以免對方挖到金脈放鞭炮慶祝時，嘲笑者會尷尬得無處可容。

古早的礦山工寮，讓人遙想起看山吃穿的曩者。
（翻攝自《金瓜石礦山寫真帖》，絹川健吉攝）

礦山人愛熱鬧，大家輪番作東，只要有請客，泰半辦得非常豐富，聽說以前還有跟吃食相關的集會，五天一大宴，三天一小酌，久而久之就形成「大宴小酌」的俚語。不管是金瓜石的祈堂腳或九份的暗街仔，經常是大夥相邀至酒樓、茶室裡吃喝快樂的身影。

所謂「有幾年的朋友，無幾年的頭家」的口頭語，則展現著礦山人重視友情的個性。朋友能結交多年，而礦主這個職稱卻三不五時就換人。我以為礦主只要包下一個礦坑，就能錦衣玉食，不愁吃穿，後來問阿爸，他說想做礦區的老闆，口袋必須夠深才行，否則資金散盡，卻又始終挖不到金礦，礦主也只能再回鍋受僱於人，挖礦也讓人練出一套能屈能伸的本領。

有機會一夕致富的年代，有不少男人突然挖到金礦，興奮得揪三五好友去酒家歡慶，得意忘形也沒先通知厝裡的人，回到家被妻子嘲諷：「真正是尪富，某不知。」那種透過鄰舍轉述才知丈夫發財的感覺，著實會令擔憂沒米煮飯的牽手怒火中燒，難免一頓熱吵或冷戰。

這些陳年舊事在當年是每一戶人家甘苦參半的餐食，現今卻只純粹成為上一代說給下一代的過往，說沒有失落是自我安慰而已；然而，正如你所言，我們既未躬逢其盛，也無法讓時間倒轉回去，那至少口耳相傳，讓礦山典故不消失得太快。

其他沒來得及的閒扯淡，等你下次回來，我們慢慢聊。

輯二

金色聚落

時間走過礦山的奢華，曩昔風光不再，放眼只見臺車軌道，天邊的綿延青山，和我悠然相伴。

初始

聽人說光陰無情，而我記憶之冊不可或缺的一頁，卻被深情地保存，縱然隨時空遞嬗，它仍盡職地協助我編整與更新。

根據日治的地籍資料顯示，當年「九份」，地理位置就是現下我腳掌所踏的金瓜石；而舊昔人稱「焿仔寮」之地才是如今的九份。至於「金瓜石」，一開始僅是位處九份的礦區地名，如當時被稱為「瑞芳」礦區，則是現在的九份。彼時，光聽大人聊及這些繁複的文字，覺得難度簡直比繞口令還繞口令，更遑論日後會想花費心力去與朋友解釋它們之間的關係。

自有記憶來，老家就位處金瓜石。「我在瑞芳的醫院出生，於金瓜石成長。」這是我在寫個人簡介時的關鍵字。我懷念著早年隨處可以看到囡仔爬上爬下的老榕樹、等著大人跟小孩回家的石頭屋，只是皆已物換星移；儘管地名隨年代變換，好在未損聚落的光華。

曾有約莫兩年我沒有回鄉，前陣子知曉業者要釋出土地所有權讓當地的居民購買成為自己真正的家，內心甚感欣慰，對為山城打拚了一生的百姓而言，現今還土於民，無疑是遲至的公義。

走過樸實的路坎仔，就是等著大人帶著小孩回家歇息的石頭屋了。（鄭春山提供）

這趟我撥冗回來，期待在更新、存檔聚落歷史的時刻之外，也想再查證幼時許多人口耳相傳，養活全家老小的煉金術。距離上一回，看煉金的礦工把兩瓢礦砂倒進長凹板，在如黑芝麻的水中均勻地擺盪，倒進瓷碗時，竟出現金黃色的細沙，再將另約一兩的黃金砂放在地上，摻入藥水傾入容器，俗稱「水銀咬金」。那樣的經驗已差不多快二十年前了。

當時礦工用鐵鎚敲擊碗裡的金砂，金沙慢慢結合成一球，雜質散成一堆，去除完雜質，把碗裡的黃金沙用布包妥，再將一包硼砂放入碗裡，重複敲打。望著碗裡轉成銀色的黃金，老礦工邊動作邊感嘆煉金的知識與文化後繼無人。

我只顧好奇地看著不斷地朝碗內噴火的小火槍，忘記請教是否真的只要火勢愈大，純度就愈高，或單靠大火不夠，還得要銳熾到足以割鋼板的程度才能煉得出純金？所謂：「一紅。二黃。三青。四白。」紙上這幾句煉金口訣可視為黃金純度的參考。紅，代表純度達百分之九十八以上。黃，約八、九成。青，約七成。白，僅六成。我帶著搜尋來的資訊，可惜沒成功約訪到老礦工，只有從黃金博物園區影片中看見冶金的過程與器具，一時之間，竟徒生隨地有金可煉的錯覺。

想起小學老師講過某次要學生作賀年卡，竟有人拿家裡的金沙代替亮粉黏在卡片的事。我問過礦工是否真有這種可能？礦工露出一副不足為奇的笑容說，那一點點的金沙有什麼稀罕？古早時陣咱這攏是滿滿的金仔。後來，我翻找資料，金瓜石在太平洋戰爭過後的數年間，曾一度呈現無政府的狀態，許多臺灣人進礦坑偷採礦，有時候，光一晚就賺得一個月的工資。

隻身信步於荒煙蔓草間，緬懷過往的輝煌，或許閃耀的金光不是聚落唯一顏色，可是假若缺了輝煌，恐怕聚落也將喪失特色。小小的空間，容納來自各處的挖礦人，在採金的全盛時期，此地甚至有高達五萬人的記錄。

曾看過一段記錄金瓜石的文字，大意是寫到一位耆老回憶幼年跟家人剛搬到金瓜石的情景，那夜，他跟隨家人沿著漆黑的山路走，瞬間，忽然看見整座山城一片光亮，除了許多工廠的廠房與大型機具，還有橫過半空載運礦石的纜車索道忙碌地運轉。經過礦坑時，還聽見巨型壓風機發出咻咻咻的運轉聲，看到礦工們不停在坑道忙進忙出。在電燈未普及的年代，夜間礦坑、廠房與辦公室因採輪班制的關係故燈火通明，從日式宿舍區俯瞰祈堂路，其間一樣照明如白晝。而今，這樣的榮景，我們只能在老照片裡遇見。

日據時代，臺灣人遭受許多不平等，日本人的宿舍有電可用，而臺灣的礦工宿舍卻無電可用，遇到寒冷的天氣唯恐只能洗冷水澡。另外，臺灣人住的房子租金雖便宜，可是屋況極差，面對這樣懸殊的工資與福利，聚落居民仍安分守己地討生活，畢竟抗議只是使得日子更難挨。

金瓜石飲食店外送的身影，距今已是遙遠的曾經。（鄭春山提供）

原則上，臺灣人與日本人彼時是分開居住，日本人主要住在金瓜石派出所的附近，順沿山坡一層一層往下分布，日籍監工、臺籍監工，之後才為礦工的宿舍。最底下的老街就是臺灣礦工的聚落。在小小的山城體系裡，雖矮日本人一大截，但公司制度健全、薪資穩定，臺籍礦工比起山城外的一般臺灣人仍算寬裕，金瓜石的在地人家有消毒後的自來水，也有電風扇、冰箱等電器，甚至有人用「上品送九份，下品輸臺北」形容當年此地的榮景。

然而，豐裕物資享受的背後卻藏著辛酸。太平洋戰爭末期，在金瓜石的日本人皆讓軍隊徵召從軍。日本人變少，留在礦山的臺灣人，陸續被叫到坑裡去挖金礦。日本人只監督臺灣人做工，坑內危險的工作他們幾乎不做，負責擊碎岩石的臺灣礦工紛紛染上矽肺病，經常放三個月的無薪假，領到微薄的補助就被資遣，後續自然沒有下文，更遑論醫療照護了。

有鑑於此，先前喧騰一時，重啟金瓜石礦產開採的新聞，遭到居民們不約而同的抗議，大家異口同聲地表達，在尊重土地的前提下接受觀光金，反對採光金。

有人問過我，如果重新挖礦能為此地帶進另一波財富，是否我們會贊成開放礦權。記得我回應的是，怎樣能讓聚落享有不再被打擾的單純，就是答案。

佇足於素有金瓜石銀座之稱的祈堂路，淡薄的日光從上頭傾倒下來，一幅歲月靜好圖。祈願聚落的風景、人情，能一直是印象中，那最清明的一頁。

向山舉目

晨曦自地平線穿透深藍漸層的天色，攀躍峰巒。片晌，璀璨日光照亮大地，澄碧如洗的穹蒼晾著偌大雲朵，陽光，不刺眼，溫柔地為全然甦醒的山城，鬆上一層色澤。

羊腸小徑般的陡坡，沒兩把刷子的技術與膽量是無法駕輕就熟行駛九拐十八彎的山路，讓乘客心無旁騖觀賞一覽無遺的景物。車窗外，放眼望去是蔚藍海岸，再近是收費停車場、連鎖超商等都會化的看板。我將雙眼挪近窗玻璃，可惜未見往昔記憶。

曾湧入採金潮的山裡石頭多，礦區民宅就地選材，厝頂鋪油毛氈、塗柏油，形成一幅鮮明的黑色風景。故鄉的黑屋頂，不知是否依舊存留？暫別盆地塵囂，練習以山的高度重新調整視野，突破生活的瓶頸。睽違十餘年的山城，仍看得到隨坡而立的石階，當地傍山建築的屋宇或高或低轉折地座落。多出新的洋樓、鋼筋水泥，與石頭厝、門口埕，新舊雜陳的突兀是為跟上時代腳步的代價。未來，更多路坎仔將被整頓，某些沒看見卻被祕密手術的風情，即將展開？我祈求創造主賜下恩典，終結山城的人為易容，讓這塊土地有聲、無聲的抗議日益平息。

在舊道下車，刻意沒尾隨人潮走進擁擠的暗街，改由右邊的小路信步而下。意外聞到一股熟悉的柏油味，再往前行，驚喜地遇見有人在漆油毛氈，那錯落在鋁合金等其他材質間的黑厝頂，顯得格外顯眼。

前方的山色青翠依舊，我從高處，俯視不遠處之漆油毛氈的身影，如閱讀陳年歷史。故鄉同為多雨聚落，常年颱風來襲，為了防颱，每年阿公與左鄰右舍的長輩都會爬上屋頂，小孩幫忙拿點仔膠，大人塗完油毛氈，接著綁颱風石，用鋼索固定地面的大石塊，以免屆時房頂被強颱掀飛。

大人汗流浹背忙防颱事宜，無暇理會小孩，我與同伴玩跳屋頂。小時不懂颱風威脅，只巴望不用上學沒回家作業的颱風假。

直看到西北颱來襲，年久失修的舊宅遭風雨肆虐的慘況，才感受大自然的震撼力。強颱離境後，鄰居分工合作重建家園，許多磚造平房外面都披上一件灰色衣袍，水泥逐漸開始取代油毛氈厝頂。

拍下與黑屋頂的合影。午後的豔陽，照耀剛刷過的油毛氈，在日光折射下，房頂產生大片的黑亮，奪目動人。下回來的時候，不知能否再和這些文化資產相遇，或僅能藉照片品味，山城的美麗滄桑？

無耳茶壺山忠實地守望著聚落，金瓜石蘊藏了無限的生機。

現今九份是一個絡繹不絕的商圈，市場左右其方向；然而，商業化之際，可否使在地風情不繼續走樣，讓更多後來者讀見初始的容顏？

生命的建造是一種無聲的現在進行式，如眾山環繞黑厝頂，經歷歲月沖刷，仍靜默地見證聚落美麗的滄桑。

我要向山舉目，學習它的寬容、安靜，以及守候，從上而來的力量。

沿著臺車軌道走

斑駁的臺車被落日髹上一層淡淡的玫瑰金，餘暉在古樸的枕木周圍暈染開來，我順其車道悠緩步行，腦海浮現從前礦工推著臺車頻繁往返的身影，與坑內傳來礦工發現金礦的歡呼聲。向晚風涼，眼前漸暗的天色將我拉回了現實，沿著步道，拾級而下。繞過五號路。穿越小學前方的運動場。茂密的筆筒樹群。再經過石山橋。抵達落腳的民宿時，一輪皎潔的皓月已懸掛山巔，灑下柔和的清輝，搭著鑲嵌幾顆碎鑽的穹蒼，讓人愈發迷戀庭園小坐的時光。賞玩著立於手上的小礦石，那不規則的形狀、粗獷的石身，與其間的點點沙金，宛若一座小山丘躍然於掌中。

我獨自安靜坐著，思及小時候，也是這樣的夏夜，阿嬤讓從外地工作放假返鄉的父母或回娘家的阿姨留宿。庭院中，阿公早已搬椅凳圍好圓圈，點燃蚊香，雖不記得當年閒聊的話題，但每張家人的容顏，彼此的真情流露，至今如夜空的星星，依舊閃耀在心靈深處。許久未曾悠閒地探訪聚落，這次藉工作空檔專程安排幾天的度假時光，除了徜徉青山綠水間，藍天白雲下，再則就是與當地耆老、礦工聊天，即便有些重複的內容，卻不覺乏味，其中我最有興趣的是未曾搭過的臺車歷史，它是老金瓜石人共同的記念，包括阿姨都曾跟阿嬤搭臺車去撿煤炭。也有懶得爬山路，直接把它當做接駁車的孩童，在行駛平穩的車裡跳躍，不用上學時就搭順風車溜風景，不過如果被大人看到的話，絕對少不了挨一頓罵。每次回來，我總喜歡沿著早期臺車行駛的輕便車道徒步一小段路，彷彿那樣走下去，就能再走進小時候，重返輕便車載運礦石往來金瓜石與水湳洞的風華，緬懷採金的榮景，當時聚落有某些階層的消費水平不輸大城市，連漁家捕獲的頂級海鮮也必須先售至礦山，餘剩的才銷往臺北。

鮮明的年少幾乎全是與故鄉有關的人事。不識字的阿嬤不知打哪聽來空腹時是記憶力最好之際的祕訣，經常清晨五點多就喚我起床大聲背誦國語課文、九九乘法表等數學公式，說也厲害，效果竟出奇得好。與同伴載欣載奔至租書店、小吃、冰果室等林立的老街湊熱鬧，野累了就到柑仔店買彈珠汽水跟王子麵，轉換戰地到外九份溪附近玩。炊煙時分，幫忙大人劈柴，把煤炭、柴薪餵入灶口。晚飯後，偶爾聽到隔壁傳來阻擋不了丈夫外出的女人碎念：「恁查埔人攏嘛同款，日時全乞丐，暗時攏紳士！」男人不甘示弱反擊：「妳實在足番！阮跟朋友去看電影，妳就冤枉阮欲去九份踩酒家。」童年印象不因時間流逝而消褪，這些回憶皆是當我行經高山與低谷時，支撐我不因晴喜雨悲，勇敢往前的力量。

觀光手冊、電視節目提及桑梓僅有片面的介紹，像黃金博物園區；然而，殊不知園區只是聚落風景的入口，往更山裡走才能深入地了解故鄉的人文。過去，約略五平方公里的聚落要廣納五萬人左右，實非簡易之事，採礦巔峰期，更包容從世界各地來此謀生的人，我雖沒親眼見識陳年盛況，卻也趕上淘金熱的尾巴：在路邊撿到閃閃發亮的礦石。聽到從山裡傳來爆破的巨響。去溪裡淘金沙的幸福。阿公牽著我的小手蹣跚學步。阿嬤背著我經過蜿蜒的路坎仔到唯一的診所看醫生。祖孫之間雖然鮮有所謂的深度對話，但他們對我的疼惜表露無遺。縱使物質層面略遜都會，我卻真誠感謝上帝恩賜我這片豐美的土地和真摯的情感。

在茶壺山欣賞含金量飽滿的獅子岩，除了與鐘萼木、紅豔的杜鵑等植物深情相望，也覺得礦產驚人的此地適合做校外教學、自然課的礦岩研究教室，聽說早年嗜藏礦石者，無不攀登到此尋寶，指望可以在周遭撿拾到高價值的礦石。我坐在巨大的岩石上，思索一百年前的這裡，翠綠連綿的山頭，礦工與各式大型機具的形影在此穿梭，一臺臺鎮日川流不息自坑口開往選礦場的輕便車，承載多少衣錦還鄉的寄託。老一輩口耳相傳：「三更窮，四更富，五更起大厝。」坑內每位礦工皆有一夕致富的奢求，即使三更家裡的米缸還窮到見底，一旦在四更採到金礦，五更他就興奮得計畫買地起厝。只可惜這種好事並不常見，泰半的在地人或外來者，還是得認分地領著微薄的基本工資度日。女人也盡所能地持家，母親小時候跟阿嬤去買豬肉，早年買豬肉不像現在有袋子裝，僅掛在一條繩子上，母親提豬

我僅有的一張兒時的照片，被阿公牽著小手學步，彌足珍貴。

肉邊走邊晃，晃呀晃，手中的豬肉竟被甩入水溝裡，好在水溝不深，阿嬤彎腰拾起豬肉，回家清洗乾淨照常煮食。母親聊起這段往事時，人生已接近謝幕，臉上卻不見病痛表情，反而像回到小女孩時期，她說：「做囡仔真好，無煩無惱……」母親的嘴角滿是笑容，我的心頭卻是酸楚，是怎樣的年代，能養成此般刻苦的性情？

這樣的堅韌從古至今，連下一代也傳承了上一代優良的基因。早年，認識聚落民宿的推手阿正，在事業如日中天時他毅然放下光環，和妻子回到山上，把祖厝翻修成金瓜石的首家民宿。近期，又得知才二十多歲便放棄臺北的便捷，回鄉貢獻所學的青年，他們皆是聚落新生的風景與契機。與鄰人談論家鄉建設，大家對日後的發展皆抱著期許，即便無法一蹴可幾，仍是盼望。憶及在五號路老家偶遇舊識聊起串門子的舊昔，逢年過節家家戶戶的歡天喜地。相對眼下人去屋空，厝邊半零落的悲涼，我真正體驗何謂滄海桑田。回到聚落，咀嚼店家自種的菜，品嘗鄉親們親手栽植的薄荷泡的茶。沒有外界聲光報導介入，我反倒了解在地人為爭取還土於民，保衛家園，自動發起「不要採光金」的訴求，抗議財團考慮再次開挖的想法，或許發出的音量不夠強大，但大家仍竭盡所能為土地揚聲，不因受到外在的阻力而放棄，由於有這份堅持，聚落才沒在封坑之後山窮水盡，成年回家的遊子得以找著兒時之印象，為此我獻上滿滿的感恩。習慣了山居節奏，規律的作息、清淡的飲食、和緩的步調，在在提高了身體新陳代謝。每消化一遍礦山歷史，我就又更靠近故鄉一些，內心也因而變得更豐富、踏實。

人生的錦上添花很容易在經年累月的長河中被沖刷、淡去，然後徹底被遺忘。走過亞洲第一貴金屬礦山後的金瓜石，除了對文史工作與礦山記實有興趣者，會曉得這裡的產金量曾為亞洲第一者恐怕寥寥可數。那麼，一歲一枯榮的歲華，或許只能成為歷史的一段見證；然而，藏在有形的礦產背後，那些肉眼看不見的人文風景，是土地留給我最大的財富。我曾佇足斜坡索道遺址眺望陰陽海，回想一群七十多歲的老人家頂著烈日，手持鐮刀、鋤頭，揮汗如雨整頓原本被丈高雜草掩沒的鐵軌，只為讓下一代知道上一代曾行經的路。礦工說起交通不便的舊往，藉由斜坡索道驅動地面纜車來運輸礦產是極具智慧的發明，而這項資產的復駛卻沒進一步的消息。我想著想著不知怎麼竟有股泫然欲泣的激動，拚了老命就是捨不得金瓜石隨金礦停採而湮沒在歷史的洪濤中，在這群長者身上，我真實看見愛臺灣的印記。

許久沒有連續幾天留在金瓜石過夜的經歷了，家鄉的夜晚仍和童年一般，存在著一種乾淨的安靜，鄉下人家晚餐吃得早，約莫八點，除了幾盞白燦的路燈、嘹亮的蟲鳴與狗吠，整個聚落不見行人，連電視聲也聽不到，對當地百姓來說這就是平凡的日子，工作了一天，晚餐時刻陪家人說說話，在他們看來也許無足為奇，但能靜下心在良辰美景中記幾筆和土地的

行駛在斜坡索道上的臺車，是早年居民的交通工具，卻成為我的時光機，藉由想像回到從前。（鄭春山提供）

站在金瓜石的斜坡索道上，能清楚地看到水湳洞的陰陽海。

對談，於我是莫大的恩典。礦業的式微雖影響聚落發展，但換個角度想，至少婦孺不必再提心吊膽，在家枯等出門上工的男人，擔憂他們是否平安回家，聽聞礦工自嘲「入坑已經埋一半」時的那種心酸也已成陳跡。觀光逐漸取代礦業，自電影、廣告、電視大量地在金瓜石取景後，吸引了大批觀光人潮，就在那時民宿開始盛行，從最早的雲山水小築到近年的緩慢，或復古或現代的建築風格陸續開在起伏的山巒間，也點亮聚落的希望。

面對空無一物的老家，我仍保留它，儘管有些人透過鄰居向長輩傳達購買的意願，但可能是那一份血濃於水的情感牽繫吧，多次詢價總未能成交。表弟也問過我：留下這塊土地的意義何在？一時之間我不知怎麼回答，思緒掠過的是小時候坐在庭院納涼，三代同堂的辰光，以及母親休假返家難得給我講睡前故事的時間。在一般人的觀念裡，年輕人久居外地，短期內不可能回來住，老家四圍皆住戶，看不見山、海等美景，也失去營生的有利條件，既是這樣似乎就沒買地整建的必要性；然而，聚落給我的人與人之間互相幫補，土地教我的腳踏實地，親情留存的溫馨剪影，這些價值遠超金錢的價格。幾年的密切返鄉，在一次次走訪的過程裡，進行青春回憶的修補，拉近和故鄉的距離，五號路老家如我和金瓜石的臍帶，也維繫著我跟聚落的情感，若能由我們這一代將老厝重新打造，讓童年的五號路繼續滋養成年的我們，相信在家族史上會是一頁璀璨。

人與故土之間的牽繫有時細微到自己也難以想像，單是一爿門扉或斑駁的石牆，甚至石階上孤寂的綠苔，皆令人割捨不斷。滿載鄉愁重量的臺車把往昔光陰拓印出長長的軌道，不停地朝遠方延伸，我沿路跟隨，彷彿才看到童年牙牙學語的自己、闔家聚首的歡樂，而今雙親已凋落，我不禁落下淚滴，想起詩人所云：「我們一生的年日是七十歲，若是強壯可到八十歲，但其中所矜誇的，不過是勞苦愁煩，轉眼成空，我們便如飛而去。」因此，我愈發珍惜曾在這片土地上度過的點滴。假使人生在世，面對任何的人與事，皆用投資報酬率去算計，待靈魂將歸回安息的時刻臨近，我們是否能替此生繫上一朵無怨無悔的蝴蝶結？

與耆老話家常，總有一籮筐的陳年舊事可聽，也是我可以請益的良機。以前聽到鄰居叔伯掛在嘴邊說「落袋仔裝碰子」，幾個小孩總躲遠遠地，後來才知他們的口袋並非真放子彈，只是形容口袋沒錢的人。耆老說當年挖礦炸山，大夥帶著彈藥放手一搏，如果挖到黃金，走路就能有「落袋仔裝銀角」的威風。以前挖礦，如果坑底炸出了大塊的石頭，礦工將隨之而來的小碎石帶走是被允准的，至於自行提煉成金變現或留做紀念端看個人選擇。光是山城這段說不盡也聽不膩的採金往日，就足以讓金瓜石這個地名永傳不朽，奇特的地理搭配獨具的礦史，任誰遇見這樣渾然天成的交集，都不願有錯過的惋惜，只是偶爾也會碰到自然與人工該如何取捨的考驗，或盡量在沒傷害原貌前提下佐以人工維修，就是更新文化的起頭。向外界推薦故鄉之際，同時也用心策畫，不管透過文字、微電影、圖像等管道來存留聚落起初的風貌，不單限於外在具體空間、建築的保護，更讓其中的生活模式等當地文化皆得以延續至未來。

兒時我不甚熟悉，但長大後卻萬般珍惜的水圳橋就是這樣的案例，從民宿步行約十分鐘就能看見它。這座位處外九份溪上的水圳橋在日據時代已存在，早年，靠近河底的地方有座原始的石橋讓居民引水，直到光復後才停止供水。外九份溪上的這座橋，原先只有上層用當地卵礫石為骨材，建成東側短西側長，鋼筋混泥土開腹式單拱水圳橋和底層的石橋。阿姨說當時的行人經常圖方便，泰半直接穿過水圳橋，但狹窄的橋身根本連錯身都困難，即使一人獨行若稍不留心恐怕也會失足墜河，憶起小時跟母親結伴過橋的往事她仍餘悸猶存。直到六〇年代，這兩座橋之間才新建路人專用的鋼筋水泥橋。從溪底的方位望去，上中下三層橋的景致一覽無遺。趨前近看才注意到水圳橋身底下不知何時多了不鏽鋼桁架，應該是為了補強橋梁結構所增設。只要有機會，我都盡可能帶朋友走一趟這座造型奇特，足以象徵當地特色的建築，也重溫昔時的庶民記憶。

近幾年看到人山人海的九份，再反觀遊客冷清的金瓜石，曾有人問我同樣靠金礦發跡，何以生意落差之大？熟人皆曉得沒重要事，我不會專程跑九份。某次朋友提議先到九份吃美食，飽餐後再搭車上金瓜石，還被我投以衛生眼，我半開玩笑問是嫌在臺北吃不過癮，上山再續攤之意嗎？有的人也許私心期盼金瓜石能有九份的一半熱鬧，但我卻慶幸金瓜石能保持素顏。有得就有失，人潮固然會引入錢潮，卻也難免造成嘈雜與垃圾。屆時，我是否還能一個人順沿疇囊載礦的輕便車道，走讀過往，或變成被擠在人群裡，變成走馬看花的觀光客？真有那一日，外九份溪應該也無能再見粼粼波光與悠遊的魚蝦。

金瓜石是我的支柱，最適合讀書、寫字的所在，當遭受挫敗時，管它天色或早或晚，一班直達客運搭到聚落，投身故居懷抱，在山與海的環繞中總能孳生令人平靜安穩再出發的力量。面對大肚美人山，窗前展書讀時，尤其讀到海明威在諾貝爾文學獎致答辭中有感而發：「當作家擺脫了他的孤寂，他的聲名日甚，而他的作品也開始敗壞。」這段話宛若金瓜石的寫照，翻過輝煌，回復囊者的純粹。這更是我的座右銘，不是要離群索居，而是儆醒，提點自己在載浮載沉的渾濁人世裡，竭力追求靈魂的聖潔，保有初衷。

接連數日的鄉居生活，每天早睡早起，竟改變久住城市時晏醒的習慣。在心和眼習慣不使用手機、電腦之後，發覺自己的耳朵對水的流動、鳥的搧翅、風的吹過等聲音更為敏銳，每個聲音都像聯結我與聚落的今昔密碼，引領我沿著歷經礦業興衰的臺車道，走去溪裡淘洗含金的鄉愁。金瓜石所給的贈禮，相較於它是否能再創另一次繁花盛開，對我來說並非最重要的事，在我心底，金礦全面停採之後，我還能回來，遇見生命中淳樸的風景，夫復何求。

日初之家

聽我提及行至中年萌發回故鄉定居的打算，不知怎麼地你竟勸起我來，你說現值人生好時節，理應多殷勤耕耘，等功成名就再衣錦還鄉豈不更好？我想起在城市的拚搏，執戟戕人，即或能化干戈為玉帛，也滿身傷痕，彼時尚未實施周休二日，也還沒有從臺北至聚落的直達客運，我們只能趁僅有的假期，搭一班火車抵達小鎮，然後轉客運上山，就是職場新鮮人的小確幸了。

因此，讀畢來自異國的郵簡，逡巡字裡行間的暗示明喻，我不禁莞爾，原來人性裡那些矛盾不會因年華的前行而稍減啊，年輕時，為掙得初老後的安定，在戰場上與對手一決勝負，靈魂又渴望落葉歸根；步入中年，眼見典當半生青春換取的所得，竟趕不及物價上漲的速度，回鄉的企盼又被現實的惶恐所掩蓋，那份想與大自然一起放浪形駭的瀟灑，只好潛藏於心。

然而，我始終沒遺忘自己的故鄉金瓜石，曾在挖礦史上寫下輝煌之頁，可惜隨礦業逐年式微，它也日漸沒落，七〇年代的金瓜石，不僅面臨金礦全面停採，居民謀生不易的窘境，更導致青壯年人口陸續往外地移動，甚至攜家帶眷，遷居城市去討生活；表面上經濟得到改善，內心卻只是跟著人潮搬至異域，失根的下一代。不再能聽見遠方傳來熟悉的炸山聲，以及長輩聚集泡茶、天南地北聊挖礦的故事，也聞不到熟悉的瀝青味，感受不到屬於童年記憶裡家庭的溫暖，自小在這個聚落生長的我們就是跟隨大人搬到城市定居的眾者之一。

繼續住在金瓜石的居民大多數是老人、小孩，而這樣的光景，對聚落來講無疑是嚴重的傷害。外移的人口長年無法回流，造成當地文化與產業逐漸凋零，那些選擇留在鄉下生活，在大部分的人眼裡看來可能變成沒出息、逃避競爭的代名詞，因找不到合適的就業機會，故年輕人必須往外地謀生，衍生出年齡老化、城鄉失衡等各種的惡性循環，儘管有再多的難捨，依舊難逃離開的過程。後來，終究輪到我們了，你跟雙親移民海外，我同大人遷居城市。

你曾聽祖父聊起淘金往事，悶熱至極的礦坑，即使光裸上半身工作，整個人還是像火在燒，灌再多水壺裡的水也無法緩解口乾舌燥，因此一發現泉水，礦工們就會挖一個約莫人身高的水坑，大家輪流下去泡水，祖父邊說邊示範如何躺著泡水的姿勢。你說，當時看著他臉上沉浸當年回憶的表情，不知為何心底浮上一抹酸楚，也激發你想利用祖父留下來的祖厝去打造用採金歷史結合現今人文風情，具有深厚故鄉特色的民宿。

看著你的信，時光彷彿又倒轉回小時候，早晨雞犬相聞，晚上齊聚在一塊納涼，左鄰右舍笑語如珠的往昔。我同你一樣想念故鄉，想將老家整修成安身立命的居處。每次有機會返鄉，聽耆老口中講述當年淘金的故事，總被淳樸的人情和豐富的歷史所吸引，宛若藉由斜坡索道回到了過去。只是返鄉的路似乎比我們想像中的迢遙，內憂外患的土地議題，以及苦等復原的聚落運輸系統問題，一直懸而未決，經常佇足於此，無以名狀的虛空便冷不防襲來，接近一種失根的悲涼。

礦山居民一直沒有屬於自己的土地，雖然憲法明文規定礦區土地屬於國有財產權，但長久來，聚落土地是國有財產權或屬於財團，還是應該將所有權釋出給居民？這些問題一直為大家所關注。一九八七年，臺金公司結束營業，便把土地交給臺糖、臺電與臺陽管理。以外九份溪為界，往九份方向的土地權隸屬臺陽，往金瓜石這邊則歸臺糖，十三層煉銅廠遺址則是臺電所有。你曾聽父親轉述耆老提到金瓜石跟九份的土地問題，當年疑似有某位制憲委員利用職務之便，把現在臺陽土地歸入私人的企業，這是令你最無法接受的說法。我也聽長輩說過目前礦山土地所有權的區分，我不懂分明是簡單的邏輯，不是政府出面購買金瓜石的土地，就是將土地釋出給居民購買，何以搞得這麼複雜？得知居民經過二十多載的爭取，二〇一七年，臺糖總算釋出土地，開放當地的居民購買，我覺得欣喜，我們總算能有自己的土地

居高臨下，遠望茶壺山與基隆山，眼底的聚落風景美不勝收。
（吳麗君攝）

了，接下來希望現在所有權尚在臺陽手上的土地也能早日尋得解決之道，倘使那一樁假公濟私的傳聞屬實，那麼，主事者是否更應該將土地權歸還到應當擁有者的手中？

母親生前，臺糖已公告讓居民購買土地，可惜由於無法取得土地共同持分者之一的舅舅之共識而錯失買地時機。她辭世後，阿姨問我是要繼續承租或取消租約，我說繼續租吧。看著臺糖土地租賃契約書上，記載著「房屋塌陷」的現況，像對照著母親辭世那陣子我們的光景，彷彿家裡支柱一夕傾倒，內心的精神依靠不在了。「為整個家族禱告，盡力維護整個家的和諧與堅固。」在母親病床前，我握著她的手這麼允諾。未生病前，鄰居打電話跟母親說有人對老屋有興趣，那時也礙於舅舅沒簽字而破局。母親有過小小的埋怨，說光辦個繼承就開口索價，人家買到的也只是承租權，土地根本就還是臺糖的啊。我安慰她說沒關係，舅舅不簽字也無妨，反正山坡地沒值幾個錢，即使每個人平分根本所得無幾，倒不如維持現況，等將來有能力再將房屋整建，說不定以後還能回鄉養老。

一九七六年三月二十五日，阿公讓全家人從山尖路遷居到五號路，一晃眼已四十餘載，雖已離鄉多年，但對老家總有著切不斷的情感。「金瓜石」與「五號路」是我對地理的初始印象，也是人生悲歡離合啟蒙的縮影。我在這裡牙牙學語跟學會走路。第一次坐在門檻上聽見來自不遠處的炸山聲。從厝裡出發去學校上課習字。在此地送別了疼惜我的阿公。然後，搬離這塊孕育我的土地。當我愈溯及生命的根源，就愈渴慕立足於此，如乾旱之地盼待雨水。

或許生長的背景相同，加上年紀相仿，縱使我們互相理解彼此對故鄉的那一份無形的牽繫；然而，上一輩不盡然與我們有一樣的想法，或許金瓜石對許多離鄉甚久的大人而言，就只是一個遙遠的地名罷了。沒落的聚落焉比得上繁華的都市？回鄉定居，再謀生計之道，你這樣單純的心願不僅碰了令堂的軟釘子，人都搬離開幾十年了，回去能做什麼？連擁有祖厝二分之一產權的叔叔也因年紀老邁，打算搬到城市跟兒子一塊住而決定賣掉祖厝。令尊雖同樣持有另外二分之一產權，謹遵家訓，堅持不賣祖厝的他卻意外過世，母親希望你接手家中的事業。孝順的你只得妥協留在異地，你說，透過媒體關心故鄉的發展，也是支持的方式。

我學不來你的灑脫，無法什麼都不做，金瓜石，是我的桑梓，像旭日東昇，夢想啟程之處，孵育更幸福的所在，我盡可能回來，看到其他喜歡故鄉生活的人也找到回家的路，同時從這地出發，帶領更多還在城市的人，有來鄉下尋找幸福的勇敢，或登上基隆山與茶壺山，欣賞聚落之美，這是我對土地的一份心意。

至於你的說法，若我換成你，我會做出什麼樣的抉擇呢？或許只能折衷吧，即使理想與傳統經常不斷拉扯，但我們這一輩的人還可以有鄉愁是一種美麗，而有故鄉能回家更是一種恩典。

無論你相不相信，上帝在人與土地之間，安置了一條慈繩愛索，把我們和原鄉緊密地牢靠在一起，即便有時忙碌到忽略，鄉愁也會翻山越嶺來相會。一日無意間從網路得知迪化街Modern Mode & Modern Mode Café的窗花大門，它的前身竟是由金瓜石一間老屋的松木推門改造，而愛海的店主人鍾瑶也曾演出《地圖的盡頭》，片中安藤正男（日比野玲飾）的小屋就是在天車間遺址旁取景。影片把環山面海的風情呈現得非常細致與到位。

記得初見電影海報是在一次散步的午後，當下看到海報的瞬間，就認為它取景的地方應該是在金瓜石，後來觀賞完電影證實自己的直覺無誤，這也算和故鄉的一款默契吧，我為此感到欣慰。基於這種種巧合，我興起了前往Modern Mode & Modern Mode Café的念頭。造訪當日，一推開門扉，專屬木頭好聞的氣味撲鼻而至，當指尖感觸著木頭溫度，今昔時空在腦海交錯，我也在其中與陳年舊事照面，捕捉乍現的靈光。

淘金盛況已逝，任回憶遊走於字裡行間之際，我由衷等待不久後，每戶居民能擁有各自的土地與房屋所有權，當離鄉背井的遊子回家，經由斜坡索道搭乘地面纜車，看見不同層次的風華。

金瓜石的未來，我們一起去開鑿，冶煉出它的另一個輝煌年代。

塌陷的老宅，等待家人同心協力地整建。

金色聚落

離鄉歲華逾數載，有關聚落音訊幾近全無。

前些時日，無意間看見報紙頭版新聞，斗大標題：「金瓜石藏金／蘊藏量估值六五〇億元／澳商搶挖寶」。

仔細搜尋，發現數則曩者挖礦的記載，你不知幼時鄰舍清一色靠「記店仔帳」才能度日的故鄉竟富含巨量的礦藏。

查閱相關史料，獲知礦山歷經田中組、後宮幸太郎後，改由日本礦業株式會社經營，其光芒隨著每次易主而漸轉黯淡。

在城市長大，有別大人對象徵富貴的黃金愛不釋手的傳統印象，你總覺得黃金過於招搖又略俗。逢入學、畢業典禮、成年等特殊節日，對長輩饋贈的金飾，頂多家族餐聚禮貌性佩戴一兩次，之後便束之高閣，雖然如此，「黃金」一詞卻對你有莫名的吸引，你百思不解這矛盾從何而來。

直至聽說出生地是「黃金的故鄉」，疑惑才逐漸解開。思及斑駁的童年曩昔，塵封的聚落之冊就在眼前攤展開來。

日本礦業株式會社接管金瓜石的開採權後，選定水湳洞附近的山坡，興蓋選礦場，拆除金瓜石至焿子寮間舊有的架空索道，同時鋪設由水湳洞直達焿子寮的輕便鐵路。浩大工程需要投入更多人力，在親戚介紹下，阿公參與鐵路的建造，躬逢當年「亞洲第一貴金屬礦山」的風華。由於過去有做鐵路的經歷，之後阿公又被引薦去坑道採金。

有別那些自年少就進坑的礦工，乍入坑的阿公從頭學起，聽同事教導怎麼開採，坑內嚴禁喝酒，水含有大量的銅不能喝，上工必須自備飲水，這些地雷般的禁忌千萬注意。也提醒阿公別跟黃金擦身而過，聚落金脈普遍較細，通常不能單憑肉眼判定，得冶煉才能成真金。身處空氣惡劣的環境，既得找礦脈，又要隨時隨地留心落石奪命，艱辛不足為外人道。

在鐵路工程前，阿公已習慣日頭下鋤草、翻土等零工的形態。在暗不見天日的坑底向金仔討生活是未曾有過的經歷，也因而成為名副其實的礦山子民。

古早年代，礦山多雨，五平方公里聚落，甚至一載中，出現過連續長達半年不見天日的陰雨連綿，也籠上了一層悲情。有人以為水代表金，所以聚落產金，對此傳說沒文獻證實。據聞你出生的那一年，更出現將近一萬兩千毫米的年平均雨量，刷新以往的記錄。阿公笑說，這不知會否是小時你特別喜歡哭的緣由。也因此，當地住宅多採易於排水的傾斜屋頂，並加覆蓋堅固足以抵禦風雨的黑紙做防護，沒其餘選擇，黑色成了聚落建築的主要色調，也是那個年代的氛圍。

擔心山尖路的老家恐遇土石流，當時你還在襁褓中，阿公決定舉家從半山腰搬遷至平地上的石頭厝，礦工身分不變，卻多了一份心安。暗不見天光的坑底歲月、緊密相鄰的黑屋頂，胼手胝足的居民，成就出滄美的黑色風景。而潛藏地底的金礦之於聚落，地位舉足輕重，百姓盼它為貧瘠日子帶出希望。從小，你最常聽見的是：「金礦露頭狀若南瓜（閩南語稱金瓜），因此被取名為金瓜石。」聚落形象鮮明地鐫刻心版。

靠金仔吃穿者，從入坑預防岩塊掉落的架牛條、用風鑽機鑽孔、裝填炸彈爆破，到採金並分類礦石，再搬運出坑。放工時，為防礦工偷拿金礦還得搜身。一般人的生活勉強溫飽，多半與發財扯不上邊。挖礦除了認真，也得有福氣，熟識金子，否則就算拚了老命挖遍山頭也無功折返。

黃金、銅礦、石英、黃鐵礦、辰砂、明礬石、白鐵礦……，聚落礦種多到你無法想像。

易於排水的傾斜屋頂，是古早多雨的聚落普遍的建築。

小學課堂上，老師有時會講些礦石的小常識，最吸引你的是真金與愚人金的辨別，你不斷重溫。真正的黃金，顏色看起來偏棕紅，愚人金顏色比較灰白；真正的黃金，拿在手裡比較重，愚人金分量輕許多。

經常，草草扒完中飯，寫完回家作業的午後，跟隨三五同伴興高采烈攜著碗到溪邊淘金，這是你最期待的遊戲時光，沁涼的溪流，若再淘得砂金，雙重滿足感，是酷暑中極致的享樂。先舀起水中的砂石放進碗裡，再把碗輕輕地順時針旋轉，溪水會帶走較小的泥土、砂石，較重的砂金則沉入碗底，再經過檢視，像等開獎般，祈禱一舉得金。每逢碗底出現閃閃金光，周遭就傳來：「哇！有金仔！」此起彼落的歡慶聲不絕於耳。不管真金或假金，都比國語作業得甲上還開心。萬一碰到下雨或冬天就不能出門玩，更甭論去溪中淘金，最愁眉苦臉的莫過於孩童。

大人採金，挖的是生存，阿公不敢妄想富貴險中求，只願人平安，等到發薪餉將所欠的「店仔帳」全結清，尤其農曆春節前，心想拿到工資趕緊償還，絕不讓債拖過年，以免從歲首至年終皆負債度日；小孩淘金，尋的是樂趣，把日照下閃爍的砂金裝入小玻璃瓶，還能在美勞課用來做黏貼卡片的亮粉，不在乎砂金多寡，也沒大人在礦坑內討生活的壓力。直到有一天早晨，阿公正要帶你上學，走到門口埕，鄰居就跑來說他父親昨晚巡礦坑摔斷腿送醫院，請阿公幫忙送孩子上學。你記得鄰居悲傷的臉容，與阿公焦慮的口吻：「唉！現在有要緊否？怎會那樣沒注意。」你才明白看金吃穿，實非易事。坑內經常搬演不同傷亡，稍不留意可能就嗚呼哀哉，即使僥倖生還，傷到筋骨也得養上好一陣的傷，其他輕則十天半個月無法上工是常有的事。

年紀稍長，你和玩伴還是會去溪裡淘金，從山的另一頭仍舊不定時傳來「砰——」的炸山響，這時你已懂得那巨大的爆破聲音，象徵又有金礦被發現，同時也代表可能又有礦工受傷。而從年少做到老的礦工，採礦過程吸入的細沙塵，凝結在肺部無法排出，日積月累變成矽肺病更是無藥可治，有許多人到後來甚至得拖著氧氣筒行走，在路上看多了這些辛酸的景象，後來阿公選擇到坑外清理礦土，不再進坑挖礦。

除了本地人，礦產也殃及無辜，那次是快暑假的校外教學，未曾觸及的風景，翻轉了你對採金的看法。

出發前，老師發下相關的講義，「太平洋戰爭期間，為因應吃緊的戰況，日軍把在太平洋戰爭擄獲的數百名英軍戰俘送往本山六坑開礦。四人一組，每天在接近攝氏五十度的

怎樣才可以再重新擁有無憂無慮的童年，以及溪流中嬉戲的歡樂時光？（蕭瀟雨攝）

坑底工作，必須產出十六至二十四車斗的銅礦石，不然便慘遭毒打。有時日軍更以管秩序當藉口，強逼戰俘鞠躬並挨耳光。食物短缺更是切身之痛，只有白飯跟漂浮幾片菜葉的湯，許多人因長期飽受凌虐、水土不服而死亡。」

順著知識啟蒙地，走到後邊的山谷平臺，老師手指向鄰近的建築，「封閉的戰時日本工寮，就是當地人說的『督鼻仔寮』」。你無法揣想那些骨瘦如柴、眼睛凹陷的倖存者，究竟怎麼挺得過來。繼續沿坡下行，這裡是本山通往海邊方向，彼時有個隧道，讓戰俘可直通六番坑工作。由老師口中得知，六番坑差點成為戰俘的墳墓。「假如當年美軍攻登臺灣，日本人會在隧道內處決剩下的戰俘。」年輕的女老師提及這段過往一度哽咽。

這段當時還沒讀到的歷史，在你幼嫩的心靈投下一枚震撼彈，未識烽火緣由的愚騃，只暗自慶幸日本戰敗，否則沒任何戰俘有機會生還。當老師講到自己的母親在家附近，看過身穿筆挺的軍服，腳套光亮的長靴，戴著雪白的手套，冰冷的軍刀握在手裡愈顯森絕，自視甚高地監視扛棺木的戰俘。這四名英國戰俘，扛抬戰俘同伴棺木到墓地時，終於忍不住用假裝推鏡框的動作趁機偷揩了眼淚。是啊，親手埋葬同為戰俘同胞的殘酷，彷彿也在揣測自己未來的結局。

客死異鄉的淒涼，令人不忍目睹，而貪得無厭，藉戰爭強取豪奪擴大江山版圖的狂妄，更讓你不勝唏噓。

中學時代，有幸聽年屆杖朝的老礦工描述，故鄉剛發現金礦的榮景，古早連根挖起地上的草，或盛一碗公的土，用清水洗滌，差不多能得一碗砂金，拿到銀樓可賣得當時整個月的伙食費。有產金盛況若此，難怪無數的海陸列強覬覦不絕。先從西班牙、荷蘭、鄭成功到後來的滿清，皆陸續占據寶島。讀史至此，以為接下來就是孫中山推翻滿清政權，連帶金瓜石必定獲得安全的保護；然而，無視金瓜石發現金礦，甲午戰爭，滿清戰敗，把臺灣割給日本。

你一度不解，對富有珍貴資源的寶島，滿清難道毫無眷戀？直至後來從獨家報導看到，早在未簽馬關條約前，清廷兩廣總督張之洞已對英國釋出：「將臺押英，借款千萬，許英開礦……」的允諾，企圖用金瓜石的礦權利誘英國扭轉局面，惜英日早已結盟，割讓已成定局。原來除了民間的奔走求援，清廷也嘗試保住這彈丸之島。只是金礦山的利潤再好，恐不及兩軍締結的誘人權勢。

滿清割讓臺灣給日本，雖無損整座礦山之美，但每次憶及，總讓你難過，為何沒一個強壯的保障能終結故鄉的流浪？接管臺灣後，日本更規定，只有日本人能經營礦業，在地人只能負責開採。爾後，隨其他礦脈陸續被發掘，聚落贏得「日本首一」金礦山之稱，金礦獲利全歸日本所有，礦山子民成了局外人。

諸多有關金瓜石的歷史，讓你記憶猶新的是丘逢甲對採金的感嘆，礦權歷經臺灣原住民、漢人與日本人之手，因聚落產金，故此淪為兵家必爭之地，永無寧日。此般的喟嘆值得省思，若因人心的貪婪，致使金礦背負不祥之名，對潛藏地底之金脈何其不公；世人大動干戈，擾其清夢，又所為何求？

佇足在已成廢墟的水湳洞煉製廠遺址，放眼望去盡是斑駁。當年不斷向外擴充政治版圖的日本，在礦山產量即將登峰之際，不只準備大肆侵華，發動盧溝橋事變，更偷襲珍珠港，美對日開戰，也預告了金瓜石的繁華即將翻頁。煙哨瀰漫的戰況在你腦海一波波地搬演。你難以揣測，這處舊昔號稱黃金城堡的所在，被不長眼軍機轟炸的畫面。國際貿易中斷，黃金乏人問津。日本全力作戰以國防所用的銅礦為優先，暫停金礦的出產。聽說連校園的銅像都被拆走，民間鋁製便當盒等金屬也被徵收援助軍需。

那些礦坑呢？在阿公的記憶裡，戰爭歸戰爭，即使不繼續採金，廢棄的礦坑當然也不能白占地土，眾多閒置的坑道用來做臺灣銀行鈔票的印製所，成了地下工廠。

聚落繁華跟著戰爭落幕，被殖民半世紀的礦權雖伴隨臺灣光復，百姓不用再打仗，只是戰後金瓜石漫無章法呈現將近三個月的空窗時光。日本陸續撤臺之際，不少當地居民趁亂相揪進坑，希望一夕致富；也有失業工人不得入坑門路，將就到河邊、海岸等處撿拾金砂，數量不多卻夠維生；也有挾武器畫分範圍，講義氣的老大，見者有分，限定均分礦砂。

樸實的金瓜石，就這樣亂中有序運轉著，直等國民政府的接收人員接手，才重整失衡的淘金潮。聚落也才開始它嶄新的里程碑。

臺灣政權更迭，連帶金瓜石成為日本殖民地，礦山經營權三易其主，這些詳細過往，多半由史料、長輩得知。真正讓你重建故鄉記憶的是離鄉之後的山城生活。

聚落尚未重啟輝煌，你和家人就搬離故園。父親開著發財車載著全家人搬離故園。你看著後視鏡裡，漸行漸遠，直至完全消失的大肚美人山，潺潺的溪流聲宛若猶在耳畔，沿途相隨。

一歲一枯榮，遷居異域不久，聚落礦坑全面停採，商家陸續結束營業，居民無以為生，人口逐漸外移。天寒或年節，母親習慣打電話回鄉問候，有時獲知，又有哪一戶搬走，或誰也過世了，聞訊，總使你哀愁。

前些時日，獲知臺糖釋出土地權給金瓜石居民購買的消息，你欣喜莫名。小時，常聽阿公跟長輩閒聊，厝起得再舒適也算租的，拚搏大半生，除了一張身分證什麼也不剩。爭取數十載，居民終於有自己的土地了。這幾年金瓜石再掀淘金熱的可能性屢次曝光，你開始關注聚落議題。

尤其當新聞報導，竟在封閉，標示禁止進入的礦坑發現疑似生火取暖與採礦的器具播出之際，你難以想像真有人為竊金不顧性命偷進坑道。你彷彿又聽到幼時從對面山頭傳來「砰——」的爆破，千瘡百孔的山體從腦中浮現。人去樓空的聚落，白叟漸凋，本山有時還因舊傷哀疼，試想，它怎能承受另一次的開膛剖肚？

翻閱過往的記錄、照片，恍然明白，縱然離家多載，卻始終牽繫，聚落的現在，以及未來。阿公的一生，連同金瓜石的璀璨，拓印在大地上。

黑屋頂連綿的聚落，幾度興衰已迢遙，採礦人的悲情不復，而地底錯綜的礦坑，包藏著汗水與辛酸，那些不可磨滅的昔曩血淚，承載歷史的重量，呼召人尋根溯源，關於聚落的滄桑，與瑰麗。

輯三

假若悲傷是必須

任何時代皆有其相對面，歡笑與哀哭或瑰麗與滄桑，在自家被無條件允許且接納，每一滴眼淚都無比地貴重，像來自暗潮坑底的金礦。

淘洗鄉愁

蓊鬱的綠意在眼前迤邐開來，天邊雖搭起薄霧，卻無傷大雅，反而給身處的清幽景致添上一層朦朧之美，這個聚落是我生長的根源，但距離上次回家是多久前的事情我竟不記得了，而遺忘的豈止返鄉日期，連故居的脾性也略顯模糊，竟疏忽了山上與盆地的明顯溫差，所幸穿了羽絨外套回來，否則可能要辜負山風海雨，落荒而逃。任憑許多層層疊疊又斑剝的人跟事在記憶中來來去去地堆疊，直到孩提與成年的自己微笑地和平對坐。

大地的沉默，用一種接近決絕的堅持圍繞我，引領人去平衡生活的聰明與糊塗，再另存新檔，讓靈魂得以持續地呼吸。安靜的天色，蕭瑟的草木，素來囂鬧的觀光景點，照樣難敵凜冬的霸道而變得門可羅雀。平時幾乎沒可能獨自享受坐擁聚落的富足，無論走到哪，總會遇上慕名前來的觀光客，當然得善加把握這難得專屬我一個人的閒情逸致。說起我引以為榮的山城，黃金的故鄉讓人慕名探訪，可真的一點也不誇大。是啊，或好奇它美麗與滄桑兼備的地名由來，或驚喜聚落生活的純粹，或迷戀它傳奇性的歷史人文……。

只是，現在它這些獨一無二的優勢，對我而言並不是最要緊的事，在這樣極度渴望些許溫熱的天氣裡，不因溼冷就暫停營業的豆花攤販比什麼都吸引我。露天的座位，雖說凜冽的低溫揀哪裡坐好像都差不多，但我仍挑角落能清楚欣賞山櫻的位子就座。熱豆花上桌，安靜地看著弦月狀的乳白色豆花，旁邊依偎著幾顆花生，安然平臥在墨色的碗內，宛若讓人又看到上弦月高懸，點亮數盞明燦星光。黑得發亮的穹蒼，像再怎麼也回不去的陳年，只能重現在回憶裡的成長搖籃令我懷念。嘴裡吃著熱騰騰的薑汁豆花，心底流淌著暖甜甜的氛圍，只要來山上，管它胃是否還有空，我總習慣拐個彎，繞進來吃碗豆花，哪怕因此得多走上一段路也甘願。就算有陽光的日子，我還是同樣喜歡來碗薑汁熱豆花，暖暖鄉愁的味蕾，喚出小時候來不及變更的童年風景。然後，我會開始明白過來，為何歷經數十載仍有大批人潮至此尋幽訪勝，甚至不惜飄洋過海前來，昔往，採金；今時，淘回憶，而經年累月在遊子身上洗出了鄉愁。

孕育金瓜石這個小聚落的瑞芳，聽聞這古意的地名，是小時自老歲人口裡得知，古早採金者會經過現今的柑坪里，那時在基隆河接駁渡口附近，有沈、陳、賴三個姓氏的人所聯合經營的柑仔店，店名就取做「瑞芳」，店裡不單有雜貨，地利之便更為南北貨聚集處，這裡變成至金瓜石和九份採金，以及往返宜蘭的休憩站，同時也是多數人的約定地，因此，當年已經從瑞芳回來、準備去瑞芳的說法於鄰里間逐漸口耳相傳，瑞芳的地名就此誕生。致於後

溫州寮，當年日本人替溫洲人蓋的工寮。（鄭春山提供）

來蔚為風潮的淘金熱，最遠可追溯到一八九〇年代以前，聽說曾有平埔族人帶著裝金沙的瓦罐到漢人的聚落交換生活用品，也有某個漢人無意間去原住民部落，看見隨意堆疊在地上的黃金，頓時動了貪念，害命奪取，不料後來卻惹上殺身之禍等傳聞；可是即便有關黃金的傳說四起，當地官方與民間皆未見其有所探採行動。翻查資料，才發現原來在十八世紀前，漢人還沒往北移動到基隆一帶，更甭提荒遠的山區。舊昔，從基隆到東北角海岸，盡為平埔族聚落，一直到了清咸豐時期，漢人才陸續往北拓墾，零星的村落於焉成形，當年的居民泰半務農，認分地拓荒墾地，以前那些有關原住民用黃金與漢人交易的說法，已變為閒扯淡的題外話。在基隆河的金沙還沒被修築鐵路的工人發現之際，金瓜石富藏金礦的消息，就單單與古早的質樸共存於這片純真的山野。彼時，歲月靜美。

後來，聚落出現了另外的風景。日本礦業積極投資開礦事業，跟大陸沿海地區招募勞工，其中以溫州的人數居冠，日本人於現今的銅山社區公園替溫州人蓋工寮，當地人曾俗稱「溫州寮」。因工寮各方面的環境皆差，工人的穿著也邋裡邋遢，故老一輩曾用「溫州」形容生活懶散或衛生習慣差的人。後來時代進步，居住品質隨之改善，溫州的俗語也變成歷史。當時賺錢是每個來臺灣的大陸勞工首要目標，工資雖微薄，但若與其他地方相較，此地工作簡單，薪水也比家鄉多，如果肯拚，每月可存一半以上的工資寄回故鄉，家中生活即能改善。每日零點七元的工錢，如果加班，每月可積蓄二十多元，經常為了省錢，有時吃幾碗飯，配一顆橘子就當一頓正餐者為數不少；卻也因過度節儉，而工作又極需大量的體力，營養不良的人罹患肺勞症時有耳聞。

初來金瓜石的溫州人，大多在坑外負責重勞力等雜務，只有極少人去做像打石頭切麻尾石堡崁、木工、泥水工等技術性的工作。從事坑外的工作一段時間後，許多人為了能多存些錢寄回家，就轉調到坑內採礦，重賞之下必有勇夫，當中以一元左右的日薪，採礦最前線需專業知識的「風鑽工」最熱門，雖然它的工資優於一般人，可是危險性也高，當年沒有口罩可戴，也無相關的安全防護措施，加上風鑽機為乾式設備，操作震動力強，風鑽機一起動，臉面就充滿岩塵，塵灰吸入肺部無法排出，積存到一定的程度，便產生呼吸困難、氣喘，所以風鑽工做三、五年後，罹患矽肺病，客死異鄉者大有人在。

沒做礦工不會比較輕鬆，雖然相較於三、四十度，傷亡頻傳的礦坑，阿公在外面打零工安全許多，但仍有意外，有一次修鐵路，阿公因十字鍋沒拿好而傷到手指，當場血流如注，所幸經過緊急處理便無大礙，忍著痛，翌日照常上工。

在那個家裡連電風也沒有的年代，阿嬤利用對摺的日曆紙充當扇子，好讓阿公每次下了工一進家門，母親跟阿姨能立刻幫阿公搧風。等到我入學識字，家裡不知打哪弄來一臺桌上型電風，可是兩老節省，極少開來吹，仍習慣用扇子搧涼，有時實在太熱，阿嬤用碎布鋪在連接飯廳與廚房的走廊下就地躺臥，偶有壁虎、蟑螂等不速之客出沒，阿嬤卻視牠們如空氣，午覺照睡，但我沒有阿嬤的膽量。某日，我剛躺平不久，忽覺身上一絲搔癢，起身一瞧竟有隻蟑螂停在衣服上，我嚇得哭了出來，驚醒身旁的阿嬤，沒等阿嬤出手，蟑螂便一溜煙似地飛走了，看見牠會飛，我哭得更大聲。阿嬤拍著我的胸口說：「免驚！咖爪被咱們驚走了，乖，緊睏！」不曉得究竟誰嚇誰？只知爾後，任憑大人怎麼哄，我寧願去睡在被陽光曬得發熱的木板床，也不肯在走廊上午睡。

跟隨這些吉光片羽，畫面隨著鏡頭緩緩推近地淡入。陳年韶光重現。肩荷菜擔沿路坎仔叫賣青菜跟豆腐的歐吉桑，行經撞球間、金仔店，整個聚落晃完正巧透中午，取而代之的是他愉快地吹著口哨的聲音，挑著賣光的菜擔，輕省地步行回瑞芳。或者，在黑屋頂上玩捉迷藏時無意瞥見揹著一大袋煤炭挨家挨戶販售的歐巴桑，因長年負重物而佝僂的背脊，大概是稚嫩時最使人心酸的風景，也展現礦山人為討生活而刻苦耐勞的認分性情。回顧礦山的歲華，彷彿稍能體會蘇軾所言的，人間有味是清歡。其實到現在，我不知道當初大人選擇遷居，除有更多的工作機會，其餘原因是什麼？堅強的茶壺山仍守著聚落，年輕人去外地打拚，耆老凋零了，人情味不復，取而代之的是沉寂。想起離鄉前小學同窗跟我要了聯絡方式，當年我用鉛筆在紙上寫下地址時心頭不知為何覺得悶，等到長大些讀到所謂的鄉愁才知道那種情思的由來。這裡或許不像萬花筒般幻化的都會，千篇一律的講求速度，傳授高效率才有成功可能的祕笈。從小的山居生活，說話、勞動……，連跑步，也總是如此慢條斯理地順理成章。就算離鄉數十載後的遊子回家走在路上，都不難從路邊發現斜立著寫有「緩慢」兩字的手作路標，順沿指示往前走，遇見的會是不同於方才所邂逅的風景。

是了，我在這般緩慢的行進間，得以重新仔細地爬梳聚落。以前，從金瓜石車站沿石階步行，可輕易地找到在地居民看電影、集會的地點——中山堂。如果中山堂是大人的娛樂場所，祈堂路則是孩童的天堂。那時，採金正風光，街上開落著商店、理髮店、布莊，還有當時的菜市場皆在附近。而今，只能佇足在空曠的停車場，俯瞰石橋流水想舊年。當時的民宅看起來有點像大陸偏遠地區的房屋，走進祈堂路後，大部分住戶還是木造的拉門，步行其間卻沒任何違和感，反嗅得一縷歷史息氣。現在，非但昔日的洗石子牆被水泥與磁磚取代，連過往的陳年況味也從千門萬戶的縫隙中，毫不念舊地逃飛而去。那麼，從小就跟隨家人離鄉背井的我，至今還能記得和書寫關於聚落的許多事，對我來說是極大的恩典了。

每回上山，最先張臂迎接我的就是老街，老街對外的正式名稱叫做祈堂路；然而，身為山頂囝仔的我，較喜歡它另一個名號——「祈堂腳」。這代表的不只是祈堂路的本身而已，

風鑽工鑿岩的情景，聽說當年一部風鑽機需要三個大男人合力才抬得動。（鄭春山提供）

會說祈堂腳的絕大多數是老金瓜石人，聽見祈堂腳通常表示我回到了家鄉，有股彷彿幼時阿公喚我的小名去到他旁邊，然後塞給我一顆糖果般的疼惜感。其實，我欽羨老一輩的金瓜石長者，欽佩他們能走過礦山的榮枯，羨慕他們看過聚落最原始的風情。農耕時期，百姓透過觀察日頭的方位來判別時辰，對時間的精準度無法太講究，古早我們也是這樣，經年累月，個人和大自然的默契在體內形成鬧鐘，常是雞未啼，人已醒。

直至一八九六年，日本在金瓜石採礦，規定職員必須按時上下班，但當年一般人根本買不起時鐘或手錶等奢侈品，管理者只得挑了一座能見度高，且從金瓜石到水湳洞皆能耳聞的山頭裝設定時發出聲響的報時器：每天早上六時起床，八時上班，十時休息，十時半工作，中午十二時休息，下午一時上班，三時休息，三時半工作，五時下班，晚上十時就寢，從此周而復始，從員工、居民到店家均以此按表操課。一座原本沒什麼人知道的小山丘因而獲得「報時山」之名，由於其報時聲又像用海螺殼吹響的音效，所以也稱「水螺山」。太平洋戰爭後期，報時器被用來做空襲警報，並設置由日本兵看守的兩門地面對空中的機槍。我向來對老文物感興趣，本欲請長輩帶我一探其貌，可惜早在臺灣光復後，報時器與機槍均遭拆除。

說來也奇妙，這個不是太大的聚落，當年卻足以包辦居民的一輩子，醫療未發達的舊昔又交通不便，孩子偶遇小病小痛無法進城就診之際，大人就求助有寄放藥包的住戶。早年礦山，有些藥商背著帆布箱裝有治消炎的五分珠、止渴的仁丹等藥，攜帶到願提供寄放的家庭，藥商再按時前來結帳，順便適時補充藥品，居民稱做「寄藥包」。午眠後，會聽到補碗郎打響板的喀達聲，召喚需補修碗或傘的人家。時移事往，寄藥包、補破碗的風景只能被遊子存放記憶，反覆地複習。

花些時間沿長長的路坎仔走，雖對平常不運動的人來說，爬這一長串的石階會有些吃力，但當爬過一段石階，找一階石梯就坐，看一階又一階錯落的石階，把一片山串為整座城，如織的遊客在其間，捕捉各自動心的鏡頭，分享共同鍾情的風景。對尚未認識何謂分別便被帶離開的人而言，回家的意義何在？企圖從以為平凡無奇之處移至繁華城市嘗試大展身手，而忽略某些平安和幸福已兀自遠走高飛，屢次思及常百感交集。時光荏苒，驀然回首，面對故鄉的百轉千迴，比方水是故鄉甜，或者近鄉情怯……，現在的我尚未有確切的想法。僅敬虔祈禱，懵懂離鄉的哀愁透過每次成熟的淘洗之後能綺麗的重現回家的喜悅。

而我，赫然明白，原來，出發的起站正是安生立命的所在，早就為我的青春與髮白施行拔出，拆毀，破壞，傾覆，又要重建，並栽植。

重建

天空沉著臉，幾聲巨大的雷鳴過後，大雨傾盆而至，怨婦般地哭個沒完。寒風吹得我直打哆嗦，好在有記得母親的話，多穿了衣服回來，否則恐難免著涼。我撐著傘站在塌陷的老厝前，用手機拍了幾張照片，傳給朋友請教有關屋宅整修的事。繞至屋後，眼前所及之處是母親生完么弟坐月子的房間，其中彷彿仍殘留當年的麻油香。一生操勞的母親，很少有機會跟我談心，直到醫生確診後，她才陸續將心裡的牽掛交代我。

也是母親生病後，我開始問及她許多的過往，並偷偷為她留下記錄，親子間對話變成她無法行走後的寄託。講最多的還是她生長的金瓜石，雖對產金的歷史不甚清楚，但確定阿公絕沒挖到過金礦。母親笑說從阿祖至阿公再到她這一代，已經窮過三代，別談金塊了，就連金沙她也沒摸過。「咱靠自己打拚才實在，否則就算金山也有挖完的時陣。」母親不知我有錄音，看我聽得專注，她頗有成就感，還讓我拿紙筆寫下免得日後遺忘，然後繼續說著童年。

小時候家境清貧，好在住水湳洞的親戚不時便拿些小魚到家裡，阿公會把握日頭火熾，將其置放門口埕，曝曬成魚乾，再放進玻璃甕。有很長一段時日，接連三餐以小魚乾配飯吃到母親難以下嚥。只有忍耐等到阿公領工錢時，才會買些刺魚跟刺小卷回家，入鍋氽燙，刨點薑絲，切幾塊地瓜一起煮成粥，口感鮮甜，百食不膩；偶爾母親若發覺小卷味道不對，就是阿公常去的那攤魚販當日沒做生意，他只能將就換別攤買。母親對海產優劣立判的敏銳，全來自兒時的經驗。

我走過黃金瀑布再往前，行經當年送魚給我們的好心親戚家附近，這裡是母親跟著阿嬤去撿煤炭必經之路。上坡後抵達阿公最早落腳的三安里，母親說從前家鄉常做大水，基於安全阿公才遷居石山里，而我毫無印象。只能想像阿嬤的大手牽著母親的小手，走過長長的山路。若干年後，年輕的母親抱著嬰兒的我，走過她青春的人生。而行經中年的我何其有幸，能跟著她們的腳蹤，一步一步重建對家鄉的形象。

搬到臺北的前幾年，只要有颱風或接連下了幾天的雨，母親就會擔憂老家的屋況。一次回鄉，親睹老宅傾圮，我不知如何安慰。那次之後，她反倒變得豁達，像房子塌了，也就不怕再失去什麼。生病的末期，她的話題更多聚焦自己在家鄉的歲月，我終於知曉，母親在意的或許不是屋宅，而是曾發生在宅內的這款那項，彼時，月亮雖已有陰晴圓缺的定律，但親情卻尚未跨經生離死別的疆界。阿公跟阿嬤的身體還硬朗、母親與阿姨正值花樣年華⋯⋯。

因為有根，記憶才在。

小時候的家就這樣通過回憶，一次次在她的腦海裡不斷地被建構。

母親告訴我，過日子，好是一天，歹也一天，最要緊的是腳踏實地，就像聚落不管還有沒有金礦，咱們人同樣要打拚。我忍住悲傷替母親跟茶壺山留影，然後給她看手機上的照片，她笑說以前怎麼都沒發現故鄉那麼漂亮，年輕時去城市賺錢，也沒空想家，老了反而想回鄉。「恁這些囡仔以後若有法度，把舊厝重翻，大家住逗陣，好壞也自己的厝。」我的淚水終究滑落。

聽著手機錄音檔，如同母親還陪在身旁，她笑呵呵地話鋒一轉，稱讚自己的記憶力，說半世紀前的事竟能記得那麼清楚真厲害。我明白金瓜石是母親的根，因為有根，記憶才在。

雨勢漸收，風卻大了起來，我攏了攏衣領，母親的提醒猶在耳邊：「咱山頂返冷啊，轉去記得穿暖哦。」

另類憂鬱

窗外下起傾盆大雨，氣象局提醒全臺民眾午後還有大雷雨，更不排除陸續發布西北颱的海陸警報。從山中回到城市不到半個月，我就又想念起家鄉，尤其是在這樣落雨的時刻，縱然身處車來人往的盆地，也會讓我有置身桑梓的錯覺。

在老家，每年雖然固定有兩次刷瀝青維修黑屋頂的工程，但有時萬一雨勢太兇猛，屋內仍難躲漏水的夢魘。阿公將水桶放到廚房、走廊、飯廳等會漏水的位置，阿嬤負責把破布鋪在臥室、客廳等無法擺水桶的角落，用以吸水。落雨滲透屋簷滴在桶內，滴嗒滴嗒的聲音恰巧成了晚餐時刻的背景音樂。

從小到大在山明水秀的金瓜石，感覺最不受歡迎的非颱風莫屬。一九八七年十月，本山四坑被琳恩颱風土石流所掩埋，這也是改變聚落建築的轉捩點，風災過後，居民把傳統舊厝改建為現代平房的建築，冰冷的單側鋁門取代原有溫度的左右對開式木門。即使維持石頭屋，需要保養的油毛氈屋頂也開始被金屬材質取代。二〇一五年八月，蘇迪勒颱風更給整座山城帶來重創，太子賓館、四連棟、三毛宅皆損毀，因此，平日當地居民極注重水

被迫開挖的山體沉默著，有誰認得出它的初始容顏？（鄭春山提供）

土保持的維護，攔阻凡威脅到山坡地的活動，每年颱風季更嚴陣以待，竭力保護家園。

約莫十多年前，有單位評估，欲由金瓜石拉出一條觀光纜車的旅遊動線連結至九份，看似促進觀光的背後隱藏破壞生態的危機，遭居民反對，大家認為聚落的發展可以延續往昔淘金的軌跡，比方重啟富濃厚礦味的舊臺車運輸系統，在保存當地歷史外，也是對這片土地的疼惜。過去，在地百姓長期忍受無屬於自己的土地所有權，與礦工健康等福利未受保障已十分委屈，實在不願現下平靜的生活再起波瀾。

身為聚落的一份子，陶醉於豐富的人文山水之際，我極欲看見，或說渴望記憶的，不外乎故鄉的一磚一瓦，依隨現有的日常，沿著歷史足跡，繼續迎向每一個平安的未來。

只不過先前看到新聞，外界三番兩次評估此地礦藏是否有機會再進行開採的話題，讓我感到有點彈性疲倦，暫且不管學者提出瑞芳的繁榮起於礦業，如今為何不再次開採，締造另一個春天的說法。我好奇的是究竟有沒有人認真去思索，臺灣這個多雨、多颱風的海島，如果金瓜石礦區決定重啟像一九八〇年時的露天開採，勢必引入重型機具，大批淘金客與媒體等人潮的進駐，鐵定比一世紀前有過之而無不及。採礦過程所造成的生態破壞、空氣污染等，這些環保議題、社會成本，又該怎麼處理，由誰承擔？

當然我思考過，究竟怎麼才能解決金瓜石的矛盾，讓它保有原始樣貌與走向繁榮，但誠如喜歡故鄉的朋友所言：「任何繁榮都會造成破壞，有觀光就有商業，有商業必有改變。」儘管在地人不厭其煩透過社區公約、社區巡守隊，不定期自動地清潔環境，柔性勸導遊客維持山城的乾淨，希望減少觀光帶來的問題；但效果極為有限。彼時我佇足在一塊滿是鑿痕的石頭前，那是當年用來測試開礦機器鋒利與否的岩壁，其中有幾個洞孔內竟被塞入了透明的塑膠袋、溼紙巾等，我把那些雜物一一挖出，丟入轉角的垃圾筒內，可是我無法確保這些見證過礦山風華的時光之眼，不會再被人手給弄瞎。

行經老街石橋，橋底的內九份溪裡也是零落著塑膠袋、果皮、飲料罐等，望著眼下的溪水與垃圾，我將那極不和諧的畫面存入鏡頭，藉此提醒自己文明帶給環境的便利與傷害。究竟何時人類才學得會對大自然的基本尊重？莫非我天真的想法，或許終究僅是一個烏托邦，但若能成就故鄉起初的質樸和純粹，何妨讓它獨善其身。

美好的一天

車子抵達時已經凌晨，這次我改變以往順時鐘路線，決定先回民宿歇歇腳，讓發痠的腿重新得力，等天色亮些再出發。小睡片時即起，揹起相機，走出房門。經過那幅懸掛在牆上的開礦老照片，有了年歲的矮櫃陳列大同寶寶與些常見的礦石，經過長廊步下樓梯來到客廳，等在桌上的是熱騰騰的地瓜粥與家常菜。在都會很難得吃得到中式早餐，如果有時間煮稀飯，也是配從超商買的醬瓜、肉鬆，眼前的食物，最吸引我的是以滷白菜為背景主菜，把蛋汁炸成褐色，再搭配其他佐料的蛋酥白菜，除了菜是店主自家栽種，連蛋也是自家養的雞所孵下，對我這位城市人而言簡直是山珍海味。店主說非假日沒什麼人客，栽花植木、種菜養雞便成了副業。看見我身邊的相機，他拿給我一份地圖說這幾年許多景點已不同，建議我若時間足夠不妨考慮多走幾個點，尤其是以前來尚未完工，現今卻已開放好些時候的黃金博物園區。

從民宿步行沒幾步，攤展在眼前的是不同寬窄，隨坡起落或高或低的石階，這些連接各坡層自成風格的階梯，彷彿怎麼也數不出個正確的數字來。我請問路人為何四處都有串

古早時的本山五坑，曾讓馬載運礦石。（取自《金瓜石礦山寫真帖》，絹川健吉攝）

聯的石階，他一眼就看出我並非住在本地的人，他說這是當地的特色，本地人習慣稱它「路坎仔」，是古早時陣外圍沒拓通產業道路前，居民上工、回家、進城買賣或串門子的生活管道，這些沿山坡地形迂迴延伸，上下轉折的石階路可謂功不可沒。離去前他告訴我再往上行會有較多的民宅，住戶通常會在門前留一小塊空地，本地人習慣稱它「門口埕」，與路坎仔同列山城特色。倘若沒一階階地親自踩踏過，很難猜中拐過這個彎，路坎仔會探往什麼方位，引人去欣賞哪款的風景。在快爬到這層石階盡頭時，我總算看到離開民宿後的第一戶人家，如之前路人所言，門前的確留有一小塊空地，放眼看望，附近人家都像這樣，每戶擁有屬於自家的門口埕，在地上用紅磚砌一道矮牆種些花草或搭絲瓜棚，或用石塊堆起一座座小小的山丘。拐個彎，有戶面海的人家，門前不只種著大樹，還有一個懸掛其上的搖籃，聽風觀海的雅興令人羨慕。在臺北，我也看過類似樹上搖籃的巧作，可惜沒有天寬地闊的視野。

峰迴路轉後，我遇見一片海，附近有座依山勢向上建立的古銅色建築，那是地圖標示的十三層，雖有陽光幫它鬃上一層薄薄的金亮，但斑駁的外身掩不住被廢棄的事實。照旅遊書的介紹，這名稱由來是因戰亂時代，日本人為提高黃金生產效能，在山腳下建立選礦製煉廠，專門處理開採出來的礦砂，把廠房設計按煉製金銅的步驟，由高至低去層層設製而成。

古早採金程序分採礦、選礦、冶礦與煉礦的過程，採礦時先把挖掘的礦石運至坑外進行初步篩選，再挑選出較有價值的礦石，用礦車或索道送來十三層做進一步評選。聽出入礦坑大半生的老礦工說當年礦石分為上、中、平三個種類，經驗豐富者更是只要看洗金子的礦土就知其出自何處，一般多憑岩層與坑內回音去判斷金礦主脈地的所在。等確定金脈的定點之後，便安裝炸藥引爆岩石，接著清理坑洞周圍的石頭，免得落石砸傷人。在不同坑道分別挖向同一處富礦之際，雙方為挖得更多的黃金，沒日沒夜盡力「拚坑」；為避免衝突，無論先來後到或兩方同時抵達，泰半商請有身分地位或具經驗者出面主持「分界」，以示公正。

從前，曾讓馬在坑口拉礦車運載礦石，後來設置了鐵軌就改以人力推礦車，但如果碰到得彎身入內的「狸掘式」小坑洞，依舊只能靠人工用竹籠與拖板處理礦土。

文獻也記載，若挖到上礦土必須請礦主與臺陽公司的巡丁來取走上礦土，並把這些礦土倒進麻袋裡，封裝、蓋印送至臺陽的上礦倉庫。當存於倉庫的上礦土及從中、平礦中篩出的金砂到達相當數量時，礦主就寫金仔單通報倉庫，承租窟仔間用以處理成足的黃金，俗稱「漏金仔碗」。礦主領回礦土，確認封印無誤後即帶工人至上礦間，其餘者不得入內，等將礦石煉成足金後，有些礦主直接就拿來發工錢。挖到的礦石若屬中、平礦等級，便暫堆放於礦坑裡，待集體處理礦土時，再用臺車載去俗稱水車間的搗礦場。

而今矗立在我面前的十三層選礦場卻已因廢棄許多年顯得蕭索，滄海桑田，採金熱潮不復，它似乎還不肯向歲月俯首稱臣，在蕭瑟山間獨自孤立，巨大外觀令人不難想像黃金盛產時，數百名工人穿梭其間，忙碌的開礦盛年。

金礦坑出入管制很嚴，上工前必須至坑口前的「牌仔間」，用工作證向管理員換取木牌，下工後，再用木牌換回工作證，日治年代的工作證不只書有姓名，並塗一層薄蠟，避免私自擅改、造假。

記得第一次走入坑前，我假想自己是剛報到的礦工，須先領取礦工證，戴上礦工帽，確定裝備齊全才能進坑採金。

踏入坑道，會聽見裡面傳來礦工提醒人將進行爆破的語音，使遊人愈發融入情境。隨導覽往前走，沿途有臺車、架牛條等礦工基本常識圖片，透過實況解說，讓遊客更清楚了解坑內的活動。進到礦坑當然想發現金礦，透過蠟像的幫助，坑內有金礦脈展示，包括採礦、鑽礦的示範與埋管引爆等動作，接著有礦石分類、運出坑的過程，礦場的具體模型，也協助參觀的民眾更身歷其境，體驗礦工在坑內工作的情形。

中場休息由領班決定，休息時可閒聊，但嚴禁喝酒，遇有挖掘金礦時，坑內則得輪班趕

斑駁的十三層在陽光的映照下，似乎顯得不那麼憂傷了。（吳乾正提供）

工且看守。中飯的時間，除礦土搬運工因作業時間較長，必須在坑道內解決午餐外，大部分的礦工齊聚礦坑外吃便當。後來礦區慢慢地沒落，開礦的機會與礦工需求量遞減，話說人多熱鬧飯菜也香，少數幾個人吃飯沒啥意思，大夥索性不帶便當，光顧五號寮小吃店提供把飯與菜攪和在一塊食用的「泡飯」便利餐，變成另外一種經濟的選擇。可惜現下已無法嘗到陳年礦工所吃的泡飯，只能遙想記憶裡的飯菜香。

離開淘金區，我走下販賣紀念品的「金采賣店」前的階梯，來到內九份溪步道的橋頭，發現一面滿是小圓孔的石壁，當下心中暗揣這或許是舊昔開採時用以試驗風鑽機的石塊吧。請教了園區的志工，答案果真與我的猜測不謀而合。當年礦工在正式進坑上工前，會先在石頭上測試風鑽機能否正常運轉，看看鑽頭夠不夠鋒利，因此就留下了許多圓孔的鑿痕，而這些彷彿見證礦業風華的眼睛，在本山五坑外的其餘坑口附近，只要留心尋找，不難攫獲其影蹤。

內九份溪的橋頭，有一塊布滿風鑽機鑽孔的岩石，記錄著當年開礦的鑿痕。

假若悲傷是必須

沒有陽光的日子，又是落雨未歇的天氣，所幸家家戶戶已趁晴朗時把該洗的洗，該晾的晾。早年粽子一吃完，屋後的大廣場就會出現各種冬季衣物與裝備，曬在大太陽底下殺菌。從小，阿嬤就告訴母親端午過後才是真正的換季。就算年逾六十，母親依舊遵守未過農曆五月五日就不收冬衣的守則，也會陸續教給我她從上一代學到的良好遺傳，她笑說現代的年輕人常會嫌老一輩想法過時，但那些在母親看來均是古早人的智慧。

看著山與海之間的古老聚落，思及母親一生最青春的年華都在此度過，除了餵雞、種菜等日復一日尋常的生活，日子平凡到沒有特別大起大落，卻是她難以忘懷的時光，這讓我又產生另外的一層情感。母親口裡的過往年少是山中還採礦的歲月，臺灣的經濟也未起飛，日常泰半還清貧著。小學畢業後，母親跟隨阿嬤去拾煤炭、撿柴打零工。她說有次阿嬤不小心誤入私人範圍去撿柴被逮個正著，阿嬤嚇得連忙彎身致歉：「失禮！阮不知這不能進來，拜託恁毋通報警，否則阮頭仔若知，轉去一定會甲阮罵到臭頭！」一家主不顧央求仍把阿嬤送去派出所。最後，還是阿公去保她回家，少不了叨念幾句，也叮囑母親下回幫忙多注意別再讓阿嬤誤闖禁地。

縱然無法將往昔與如今的故鄉完全融合，即使任憑再怎麼努力想像，也不可能重返母親的年代，我仍照她說的路線按圖索驥找著舊家的位置，那是我還在紅嬰仔時住的地方，儘管人事已非，但起碼我的故鄉地圖完整了。行經猶有瀝青味道的石頭屋，我想起兒時大人替屋頂塗瀝青時，小孩扯開嗓門，「黏仔膠，黏著腳，叫阿爸買豬腳，豬腳摳仔滾爛爛……」一邊走邊唱著童謠，然後嬉鬧地穿過樹木蓊鬱的林徑，沿路咸豐草、朱槿、翠蘆莉等花草，然後上雜貨店買零嘴吃。而現在眼前雜貨店淪為徒具外牆的廢墟，在時間的洪荒中兀自滄涼。好險有呱呱呱的蛙鳴與潺潺的溪流聲，搭配著洪亮的蟬響陪伴我，相信這些聲音在我小時候早已存在，只是當年孩童成群結伴的吆喝聲，掩過大自然的交響樂罷了。佇足三層橋的中層望著橋下的溪流，小時候及膝的河水，至今已降至腳踝。山巒、溪水依舊，只是原本全家大小居住的土地，現下就剩我獨自佇足，緬懷，既而想起，不禁悲從中來。

一隻繫著藍色項圈的黑色土狗不知何時晃到我身旁，搖著尾巴，用無辜的雙眸望了我良久，我揚起嘴角對牠微笑，也許瞧我心情好些，牠眨了一下眼睛，便自顧自地朝橋頭跑去。

年長的母親沒太多時間回來，二〇〇四年，因公務的關係我開始頻繁返鄉，念書時，母親曾因書寫一事與我起過小爭執，有過幾天沒說話的記錄。後來我從事文字工作，母親

母親那一輩人大多不擅長傳達對子女的愛，她藉由幫我留的日曆，來表現對我寫作的祝福。

也沒再多說什麼，我一直誤以為她不喜歡我寫字，直到母親住院時說她替我留了一張圖片在家裡，要我拿出來帶過去給她看。原來那是一張日曆紙，上面印著聚落的風景。「我知影你在寫金瓜石，這張圖真水，也可寫進去。」她笑說：「不好寫到沒暝沒日，要卡早睏身體才袂弄壞。」然後，母親指著圖片跟我講起她的囡仔時代煉銅廠的故事。

其實，除了煉銅廠，我還想聽她說更多關於這塊土地的故事，即使是沉重的、清苦的、令人不勝唏噓的……。

但，母親不在了。

橋的另一頭

二〇一八年仲春，我獨踽於晨曦之中，穿過兩旁的樹林，看幾家民宿悠閒地開在山間，不知早年此地究竟是怎樣的景致，當時在襁褓中的我毫無印象；然而，童年從母親那邊聽來的，有關這裡所發生的故事，我卻記得清楚。

在我眼下的這座窄長的水圳橋，是所有居民共有的記憶，母親也多次行經其間，因這座橋，讓她想起，大半輩子受傳統擺布、拘禁的鄰居。經常，母親說著說著思緒就落入了回憶，我也跟著她講述的情節，逆時光之流，沿溪垂釣璀璨的疇曩韶華。那何啻是厝邊的故事，也是聚落不足為外人道的風景。

橋上，阿芸如履薄冰地跟隨阿春腳步，一路小跑步地通過水圳橋。這座約莫五十公分寬的水圳橋，靠近河底的地方原有座石橋給村人通行，後來水圳橋停止引水，居民嫌麻煩索性冒著跌落外九份溪的危險，直接從水圳橋穿越而過。出門前，程清夫婦不忘叮嚀阿春放慢步伐，好讓尾隨身後的阿芸跟得上。放學後，兩人經常未走至橋中央，在門口乘涼的清叔已在對面扯開嗓子朝橋的彼端喊：「毋通用跑的，我跟恁阿母攏置這等恁，免驚。」清嬸也在旁提醒：「慢慢走不要緊。」尾隨大姐的步伐，阿芸的心裡沒那麼驚惶。

此刻停佇橋頭的我，早過了兩姐妹彼時的年歲，無以體驗她們童年步行過橋的無助。

世居基隆山腳下，程清夫婦跟聚落居民一樣，殷勤做、認真拚，與有些從唐山前來淘金者不同，每逢有人問：「同樣在做工，怎麼不進坑去拿金仔？毋免曬得整身軀像土炭。」清叔一貫回答：「曬日頭贏過暗無天日的坑底，咱人吃多少，生來已定，阮不敢妄求靠挖金礦討賺。」可能是聽多了礦災的生離死別，清叔覺得挖礦坑彷彿在鑽墓穴，有妻女的他不敢拿自己的性命去賭。

清嬸雖偶有幾句沒能給清叔添丁的自責，而清叔總安慰她沒關係，在同宗族間領養一個男孩傳宗接代即可。夫婦倆對女兒的疼愛不在話下，深諳不識字的辛苦，省吃儉用地攢錢供姐妹讀冊。阿春的導師常體罰學生，有一學期的註冊截止日，阿春的學費還沒著落，清嬸說過兩天等清叔領工資才有錢，她怕被老師罵，嚇得不敢去學校。記不得後來怎麼解決註冊費的事，總之捱到小學畢業阿春說什麼也不肯再考初中，連清嬸哄說要打金子讓她繼續念，她也沒意願。阿春沒講的是，清嬸為了省錢刻意買大兩號的裙子讓她被同學笑說穿長襪，縫補過的家居褲也被嘲諷是穿睡褲上學。雖難過，阿春也只能啞巴吃黃蓮。我驚訝盛產金礦的聚落竟有這樣貧瘠的時光，母親說某些事實不是表面看到的那般簡單。有時，突發的礦災，家裡的支柱倒了，一夕間，家中孩子淪為長工或童養媳也不是沒有的事。

阿春跟清嬸四處打零工雖辛苦卻也自得其樂，阿芸則繼續升學，清嬸說念書的事她跟清叔會設法，不識字很艱苦，連要搭車也看不懂站牌時刻表，還要冒著就算請教人，也未必可以得到準確資訊的風險。程清夫婦東借西湊，好不容易籌足阿芸的補習費，讓么女補習。其實阿芸國小畢業那屆，村內的初中已能免試入學，但老師卻隻字不提，照常收學生的補習費，規定放學後沒留校參加補習的學生不許抄黑板，有些同學乾脆桌面放課本，偷看放在抽屜裡的漫畫。拿父母的血汗錢補習，阿芸深感愧疚，就算自覺沒天賦念書，也逼自己非得讀出名堂來。

花樣年華，清嬸託人給阿春說了一門親。兩人情投意合，卻在論及婚嫁之際橫生枝節，程清夫婦要男方入贅，對方堅決不從。男人要阿春跟他到臺北共組家庭，一起打拚，保證該盡的孝道，該給的家用絕對不會少。可惜清叔絲毫不妥協，清嬸對男人說既已讓阿春懷了孩子就要負責任，阿春是大姐必須做小妹的榜樣，日後阿芸的夫婿也是要招贅，不接受招贅親事甭談，孩子歸女方。阿春只得退還訂情物與對方一刀兩斷。

母親提及阿春說起這一段過往時，那種無以名狀的傷悲，讓同為女性的自己不捨至極。翌歲的暮秋，阿春的長女出生，那年，聚落的雨不知為什麼下得特別久。整個做月子的時間阿春以淚洗面，也許真是母女連心，像懂得母親的悲傷，孩子鮮少哭鬧惹人煩。全家人對這個女嬰疼惜有加，包括阿芸，總覺得孩子一出世就沒了父愛實在是件殘忍的事，她弄不懂招贅理由所為何來，童年尾隨大姐身後走過水圳橋的阿芸，婚姻之路並未跟從阿春順著程清夫婦招贅的願。

雖然程清夫婦早表明若男方不接受招贅就免談結婚的立場，自由戀愛的阿芸仍向父母傳達自己想出嫁的決定，兩老怎麼也不肯，她只得坦誠已有身孕，清叔怒不可遏欲趨前教訓，清嬸深怕傷了阿芸及腹中胎兒，連忙攔住。阿芸不願像阿春，她要爭取自己的幸福。男友提親那日，兩老負氣走避至鄰舍家裡，空盪盪的屋宅僅阿春背著女兒接待。阿春趁備茶水時跟阿芸耳語，男友不見兩老，心裡有數，向阿春簡單表明來意後便告辭。程清夫婦一直到黃昏才返家，阿春說那人看起來溫文有禮，阿芸嫁給他應該會過得很好，可惜清叔無動於衷。

鄰居替阿春介紹一個開計程車的對象，年長她十歲的阿照，他得知阿春遭遇甚是同情，說孩子的生父未免太狠心，無論怎樣也不該棄親骨肉於不顧。清嬸問他入贅的意思，阿照說家裡還有其他兄弟，自己既非長子又非長孫，入贅沒關係，並保證會好好照顧阿春母女。

次年，阿春與阿照贅婚，清叔跟清嬸說終於對祖先有交代了，雙方談好不論男女，第一個孩子抽豬母稅從母姓，第二個才從男方的姓，婚後，阿春生的頭胎還是女孩，到第二胎生了男孩，卻得依約從阿照的姓，兩老寄託第三胎能再拚個男孩，可惜未能如願。清叔知道有好事之徒在背地裡笑說報應，勉強別人的兒子入贅，唯一的男孫卻仍跟招贅女婿的姓，更諷刺的是認養的兒子竟去給別人招贅。兩老坐在客廳互相無言地對看，卻也得接受。

阿芸的婚禮，程清夫婦在家照看阿春的兩個孩子，清嬸碎念女兒養大就別人的了，清叔說路是女兒自己選的，日後是好是壞她自行負責，口語中聽不出是怨嘆或難過。阿芸的夫家算當地望族，礙於親事談得不愉快並沒大肆鋪陳，就簡單宴請幾桌親友，沒看到親家，大家心照不宣，沒人提問為何不見女方的父母。出嫁的阿芸，按婚前與夫婿的約定，每月拿家用回來，起先的場面雖略微尷尬，時日一久也因著孫子出世融化兩老的心。

隨金礦日漸蕭條，村裡的年輕人不得不陸續往外地發展，阿春也跟阿照去臺北討生活，兩老幫忙帶孫，賺的錢皆由清嬸打理，阿芸則每月給三千元家用。當清苦的生活有了改善，阿照開了多年的老爺車毛病不斷，便與兩老商量，清嬸說家裡沒多的錢，孩子年幼，現在的存款以後都是囡仔的花費。阿照碰了軟釘子，只得跟自己老家開口，少不了冷嘲熱諷，說入贅女方，人家連一輛車也不肯幫忙，還要幫別人養現成的孩子，真是憨。

經濟起飛的七〇年代，眼看老鄰居一個個跟著子女到城裡享福，在阿春也準備接父母跟孩子到臺北之際，清叔卻因生病開始進出醫院。阿春侍候清叔吃藥，跟他提議遷居的打算：

「阿爸，等恁身體好些，咱搬去臺北住。」只是，住了礦山大半輩子的清叔不願離鄉：「免啦，恁少年仔去就好，臺北我住不慣習。要記得，妳跟阿芸兩姐妹，以後若賺有吃，不可計較，要互相扶持。」阿春忍著哽咽答應老父。

清叔的情況不見好轉，母親說她還記得，那天戶外火傘高張，屋內空氣卻彷彿初冬。幾位熟識的鄰居，包括里長都前去探視。「拜託你一定要幫忙，我這款病醫袂好，又擱用去少年仔這麼多艱苦錢，厝裡我已經沒法度顧了，我實在足驚害子孫去做乞丐……」清叔激動地懇求，里長允諾並對清嬸說若有什麼需要幫忙的不用客氣儘管開口。

沒健保的年代，醫藥費簡直如燒錢，活儲用完了，清嬸只得讓阿春把定存提前解約，希望能救回清叔。大筆的鈔票讓阿照看傻了眼，只是這錢是用來治病的，他也不好說什麼，但內心難免嘀咕。阿春和阿芸輪流至醫院照料清叔，清嬸雖在家看顧孩子，卻掛念與病痛搏鬥的老伴，只能跟利用空檔回家梳洗的阿春問病況。既得安撫清嬸，又要面對隨時可能失怙的傷心，阿春徬徨無人可訴，只能跟才讀小學的長女說：「阿公破病可能會死……」。孩子還小，根本不懂什麼是死，她沉默地看著母親欲泣的臉容，蹲在阿春身邊，自顧自地數著小石頭，一種若有似無的陪伴。

清叔動最後一次手術當天，清嬸不顧醫護人員的攔阻，趁沒人注意，不知從哪摸了件醫用服，喬裝成醫護人員混進手術房，看到大量失血的清叔，清嬸情緒失控險些昏蹶被帶出手術房，手術房的門再度關上，也從此永遠隔離了清叔與清嬸。

是年冬天，芒花如霜，染白了山頭，在刺骨的北風中，阿春跟阿芸辭別了清叔。

當年的聚落，居民只具房屋權，土地權歸臺糖所有，老家雖已人去宅空，阿芸仍每年繳納租金給臺糖，清叔雖離世，但留著厝，宛如老父還在，像故鄉的山，縱然物換星移，它始終屹立。

遷居臺北，一家七口蝸居在不到二十坪的老公寓裡。對外，阿春與阿照絕口不提贅婚之事，連長女掛在客廳牆壁的整面獎狀，阿春都要她收進房裡，深怕讓人看到孩子從母姓，成了有心人茶餘飯後的笑談。時序更迭，打拚了十餘載，阿春抽中勞工首購專案。現有的存款，加上清嬸與阿照老家的資助，勉強付了頭期款，搬入電梯大樓。入厝宴客完，清嬸對阿春說：「若是恁阿爸還在跟咱住新厝，伊不知有多歡喜。」欣慰的語氣裡難掩落寞。

然而，好景不常，貸款才繳了幾年，阿春的工廠營運不佳，領了微薄的遣散費後便失業。阿照計程車生意隨捷運通車，生意大不如昔，又因車齡老舊沒錢換新車，家裡青黃不接。夫妻每天為錢爭鬧，不知是因失志或入贅自卑感作祟，阿照有好些時日流連賭場，卻十賭九輸，回來將氣宣洩在阿春身上，說自己一生被她拖累了，「人家都笑我憨，娶某還送一

日光之下的水圳橋，珍藏著早年家人的生活剪影，也有長輩稱它為「三板仔橋」。

個丈母過來。」阿春也不甘示弱：「你咁有跟人說你是來乎阮招？當初就講清楚，我有一個女兒，還有老父老母要養，你不是不知影。擱再講，你沒頭路多久了，我咁有計較？」像踩到地雷，阿照飆出一連串不堪入耳的三字經，最後丟下：「恁若不歡喜，可以越頭去找那個無情人啊，最好連雜種也帶走！」清嬸不捨阿春受蹧蹋，出面維護女兒，反被他羞辱：「未見笑，這間厝若無阮家拿錢，恁有得住？」

阿芸得知姐夫性情遽變，與阿進商量決定接清嬸去住。他們的孝順，阿春看在眼裡，她為當年提親遭洗臉一事的阿進抱屈，即使堅持明媒正娶阿芸，但身為女婿該盡的責任，他未曾缺少過；自己接受招贅的夫婿，竟把清嬸趕出家門，她不禁懷疑當年聽從父母贅婚的決定是否正確？

阿照在清嬸搬走後，利用住家樓下的空地，跟阿春一起賣涼飲，也許是有了穩定的收入，他的情緒不像過去那麼易怒，每天收攤後，除了隔日採買的貨款，其餘的錢讓阿春管。在一切看似苦盡甘來之際，阿照卻被診斷出癌末，也許是知道自己不久於人世，又或者人之將死，其言也善，有次吃完藥，他對阿春說：「到時可以把恁老母接回來住。」記得最後一次，長女到醫院探視，戴著氧氣罩的阿照已無法說話，僅用盈著淚水的雙眼望著女兒。她靠近病床近看這個雖沒血緣關係，卻養育自己成人的父親，「爸，你要加油哦，這關若拚過就沒代誌了，阮攏在等你轉去團圓！」過去上一代的是非恩怨，在阿照充滿歉疚的眼裡一筆勾銷了。之後，阿照又拖磨了幾年，終究未能走過古稀之年。

清嬸年過八十，一次意外跌倒後，行動不便，阿芸跟阿進只得安排她入住護理之家讓專人照顧。沒來得及接清嬸回家孝順的阿春，只能從臺北搭客運到基隆探視，拿點生活費給清嬸；而更多的情況是清嬸會趁阿芸沒注意時偷塞些零花給阿春，無法常侍左右，阿春已滿是愧疚，怎敢接受老人家的錢；但清嬸堅持要她收下，說自己的吃住阿芸會張羅，阿芸孩子的收入也比阿春孩子高。這些話阿春聽來百感交集，年輕時她比阿芸早出社會，賺的錢也多，甚至還幫阿芸付車票錢，現在竟要靠母親與妹妹的援助。

當初阿照病重，家裡的房貸連續幾個月遲繳，後來實在撐不住，只好賣掉房子還貸款，從租屋到購屋，再變回租屋，雖怨嘆，阿春也只能認分，不賣房的話，貸款與阿照住養護中心的費用怎麼辦？

感情再好，年久月深的借貸也難免傷和氣。有次，清嬸想拿錢給阿春回家過年，才記起月初已讓阿芸把錢存入郵局了。只得叫阿芸先墊五千給阿春，阿芸嘴巴沒說什麼，但臉上極為不悅。清嬸看見阿芸只拿三千，堅持再添兩千，阿芸壓抑多時的不平給炸了開來：「恁再多的錢都乎伊，阮賺的也是辛苦錢吶。」阿春見狀連忙說錢夠用，過年孩子也會領賞金，但清嬸堅持阿春收下，她對阿芸說：「恁阿姐較困難，囡仔賺的也不多，恁這房賺較有吃，就當作給伊幫忙，好否？我吃到快九十歲了，再給伊幫忙也沒多久，親像恁阿爸在生講的，姐妹要同心，毋通計較。」阿芸色厲內荏了。

這番話彷彿預言般，在阿春耳順之年，清嬸壽終正寢，阿春跟阿芸遵她的遺願，把她的骨灰帶回基隆山腳下的聚落，跟清叔葬在一塊。

回故鄉的那一日，聚落飄著雨，山頭的霧聚攏沒多久便散了開去，不曉得是湊巧或應景，車內電臺節目播放江蕙的〈落雨聲〉，阿春捧著清嬸的骨灰罈，跟阿芸聽著廣播裡的歌聲，兩姐妹痛哭失聲，只是已無人安慰。阿春把胸口的骨灰罈抱得更緊，像是這樣就能將清嬸永遠深藏入心。

曩者的水圳橋，現今橋身已斑剝，髮鬢染霜的阿芸跟阿春走在新建的水泥橋上，童年走過兩人身旁，向她們揮了揮手。「毋通用跑的，我跟恁阿母攏置這等恁，免驚。」宛若清叔跟清嬸就在橋的另一頭等著她們。

每逢回首童年，母親像重返聚落，語調中盡是滿滿的回憶。「等有閒上山，咱再去水圳橋走走，不知伊兩姐妹仔還有常轉去否？」年紀愈長，聽母親提及故鄉的次數漸增，或許往昔在橋的另一頭搬演的故事，也有某些屬於她的陳年私釀吧。

今年，我一個人回來，母親沒能同行，她把回家的任務交代給我實踐。走過僅存的小學、初中，我追憶著上一輩的似水年華，水圳橋逐漸隱沒在暮色裡，除了一隻老鷹翱翔天際，我沒再遇見任何人。

基隆山巍然如昔，不過歲月偷渡，青春給換成了髮白。

驚蟄

我在沉厚的雷響中轉醒，聽著清亮脆急的聲音，以為隨後登場的就是一陣大雨。可是過了半晌，從窗玻璃望出去，仍可清晰地見到對面秀麗的大肚美人山，絲毫看不出來欲雨的徵兆。今年的櫻花開得正好，非假日的金瓜石，空氣聞起來更為純淨。有別城市悶窒得使人昏沉到做什麼也提不起勁，只想窩入被裡睡回籠覺的頹廢，山中的孟春早晨，在眠床多賴片刻都是虛度光陰。優婉的鳥語、泠風吹拂花葉產生的窸窣，還有不聒噪的蛙鳴。小時候，一旦春雷敲響後，左鄰右舍不約而同在菜園或花圃進行翻耕，孩童喜歡湊熱鬧，邊埋種子邊玩土，每畦翻過的新土總有蚯蚓、不知名的昆蟲鑽動，反倒打壞孩子的玩興。事過境遷，兒時印象依舊，不過某些的曩者也僅有藉古建築、湮沒的歷史，以及老居民的記憶重溫。

沿著民宿路徑緩慢步行，飄渺的山嵐悄悄替大地罩上面紗，雨還是來了，土堆旁的樹蛙忙著避雨，路邊小水塘變成蝌蚪的遊樂園。在聚落就算不具目標閒晃，也會是一趟極富意義的旅行。走到金瓜石郵局前面，如果文獻的記載正確，這裡就是當年金瓜石事件的發生地，日警先把受害人集中於此，再運往瑞芳。看著由瓜山國小校友會於二〇一四年設立的記念礦岩與石碑，碑上刻有罹難者的姓名，我伸手輕柔地撫觸，希望安慰每個無法言語的靈魂。回鄉次數多了，金瓜石的孩子也好、山頂囡仔也罷，專屬故鄉人的身分逐漸鮮明，即使住民宿也有回家的歸屬感，尤其石頭厝更讓我追念起老家。民宿的主人二姐也當我是自己人，常跟我聊到未來得及嵌進記憶版圖的家鄉，包括不堪回首卻又沉冤待雪的過往。這七十多年來，大家等待著被忽略的歷史真相能還原，在隱隱作痛中練習原諒，畢竟再頑強的悲憤也無法使親人重新活過來，持續的仇視需要耗盡多大的心力？祈願時間蒸發所有的悲傷。

上次回來，與二姐至春山叔家小坐，聽他細說那段歲月。中日戰爭後，日本深恐臺灣人伺機謀反，便展開思想控制，凡評論時政、結識能人與事業有成者皆被鎖定為反叛的目標。首先是一九四〇年瑞芳的五二七事件，企業家李建興遭人誣陷私通祖國，其兄弟與員工皆被逮入獄酷刑逼供。此案過後，日本懷疑勞工近萬名的金瓜石礦山難保沒有叛亂的情事，當地仕紳黃仁祥成了首要目標。經營苦力頭店，手下有一千多名員工，樂善好施，貢獻鄉里的黃仁祥，只因與李建興往來就被牽連。記得李建興曾在《紹唐詩存》〈治鑛五十年自序〉提及：「余兄弟，皆被日吏誣以通謀祖國罪嫌，繫身囹圄，而侯硐、瑞芳二坑、金瓜石等地遭受株連。」據黃仁祥長女回憶，那是七月某日的清早，黃家人還在睡覺，一群警察無預警來到，粗蠻撞門，進屋將黃仁祥戴上竹籠頭罩就把人抓走，留下驚愕的全家大小。

日警針對礦山展開瓜蔓抄式搜查，陸續抓走當地仕紳、醫生、鐵匠等逾百名菁英，做筆錄得如日本人寫好的範本念，照口供所說的承認就免去刑求。不依從者或被拷打至死、或不堪折磨自盡，就算死裡逃生被放出來，身心也飽受摧殘，終生活在驚懼裡。黃仁祥被控以私通祖國的抗日首領罪嫌囚於三號獄房，一九四五年四月底，盟機轟炸臺北，房屋倒塌，重傷的黃仁祥沒能及時送醫便身亡，當時日本人無欲關置傷亡者，就通知家屬領回。運輸不便的年代，鄉親花了數個鐘頭用擔架合力把他運回金瓜石，到家時才被發現早就沒生命跡象。春山叔講到這，他的眼睛泛著朦朧。二姐說當年另有呂阿火、簡盛、游阿明三個金瓜石人被關在一號房，轟炸時當場罹難，與另不知身分的四人同葬，臺灣光復，同處遺骸由金瓜石罹難者的遺族共同遷返立墓，令人不勝唏噓。

春山叔說金瓜石事件走到後期，日本已曉得全案子虛烏有，包括李建興也是遭公報私仇的誣陷；然而，警方不敢承認抓錯人等過失，只要求受害者承認所定事由，就免予刑罰並交保。後來我才知道二姐父親的屘叔也是此事件的殉難者，年輕的生命在牢內給蹂躪至死。甚至有人領回遺體，發現頸項有皮帶寬的瘀青，背脊貼的標籤是家裡寄去監牢的罐頭上之標籤，受難者在背面空白處用血書寫著：「我已經不行了，你們要好好照顧厝內」等

面對「金瓜石事件」的記念礦岩，祈願平安降臨，悲傷與不義遠離咱們的土地。

遺言。時移事往，殉難者的家屬除了追思沒再多說什麼，沉默變成聚落代名詞，直到觀光風吹入山城。遊客蜂湧而至，一段時間後人潮不減反增，大家開始好奇金瓜石與其他城鎮有何不同？當昔日用來溫飽的煉金術、近在咫尺的茶壺山、陰陽海等風景透過電視形成觀光聚點，大家才驚異到聚落的魅力；但揮之不去的白色恐怖夢魘，人夥並未增添多少的尊嚴和歡喜。

同樣走過此事件的石成叔，雲淡風輕透露對過往悲情的無力感，逝者已矣，我聽出他言下之意，饒恕絕非忘記，而是歷經那麼多生離死別後，讓曾被禁錮的心重得自由，才有能力守護家園。石成叔十六歲跟兄長首次挖到金礦就改善了家裡生計，但挖礦者是罹患矽肺症的高危險群，後來他改調坑外開電車、鏟礦土。不僅通達礦山古今，還從父親身上習得氰化製煉法，現場示範教學更駕輕就熟，將不起眼的礦石提煉成黃金，也答應黃金博物館的邀請，把煉金過程錄製成短片，讓煉金術繼續傳承。日據初期，金瓜石未設採礦廠，日本人讓臺灣人用最原始方法替他們開礦，礦工拚命挖掘各山頭終究事倍功半，後來日本人擔心有人私藏金礦，便付月薪雇請礦工，並嚴禁竊金。石成叔感慨世世代代生活在這塊土地的居民，究竟何來「偷礦」之罪？大半生採礦換來矽肺，有關單位也沒具體的照顧，這些公平正義誰來負責？對聚落的感情早已成為生命養分，老礦工從地底走上了地面，闢出通往花園的幽徑，讓更多人看見家鄉的繁花盛開。

我在聚落的時間不長，卻深刻地眷戀著它。成年後第一次正式返鄉，那天客運駛進聚落，連綿的山巒、遼闊的海洋張開臂膀緊密地環抱令我泫然欲泣；臨別的傍晚，難掩離鄉愁緒，車近瑞芳市區，我仍流著淚。山與海是故鄉美麗的記號，孕育淘金、採銅等礦產的過往，培養居民寬厚的性情，追求智慧、仁愛等美善。有關它的人文、歷史，有三分之二都是間接獲知。對我來講，沉默是一種必須，應該說近似安靜的狀態，所謂安靜絕非什麼也不做，乃用心觀察跟聆聽。《聖經》記載：「得救在乎歸回安息，得力在乎平靜安穩。」我一次次返鄉，花時間安靜觀察，聽在地人與耆老的談古論今，經常有意外的收穫。像石成叔提及電影《無言的山丘》礦工拿姑婆芋包金子塞入肛門再帶出礦坑的橋段，他笑說現實生活中不可能發生，姑婆芋有毒又會咬人，挖礦那麼久沒聽過有人那樣竊金。有時我乾脆整個下午呆坐，欣賞老鷹在天空盤旋的英姿，偶爾看幾隻棲息於樹枝，斑斕的臺灣藍鵲，如此就是回家的幸福了。

或者，獨自散步至天車間遺址，來探訪耆老們不斷籲請政府協助整建的斜坡索道。聚落金、銅礦產時期，除空中流籠，臺金公司也興建斜坡索道與無極索道的臺車道系統，方便金瓜石和水湳洞兩地人員與礦石的運載。佇足淘金盛年的交通轉運站，鳥瞰陰陽海，腳下的斜坡索道跟海面一起安靜著，宛若等待冬眠後的春曉。記得二姐問過我有沒有搭過流籠，我搖搖頭說只在舊照片看過，她驚訝說好可惜呀。昔往的本山六坑為開礦的要點，機器、電車全在那裡操作，可以利用一條軌道藉由纜繩往返的兩部臺車，在採礦盛年是很重要的載運工具。我回想十多年前第一次來，斜坡索道被荒煙蔓草掩蓋根本看不到，如今全靠幾位當地耆老親自整理，後人才有機會目睹其貌。此番堅持讓斜坡索道的復駛露出一絲的曙光，二〇一三年春天，文化部長率員探勘，同年底新北市政府把它登錄為歷史建築。

又是幾年過去了，臺車道重建仍不見相關單位進一步的行動。這次回來，我特別問二姐斜坡索道復駛的事，恰好石成叔也在，對於環評顯示金瓜石與水湳洞土地嚴重污染，需先整治才能開發的結果，在地人雖無法接受卻莫可奈何。石成叔好氣又好笑地說住在金瓜石大半輩子，看過因礦災喪生、染上矽肺病故，就沒聽過被重金屬毒死的人。是啊，從日據時期到國民政府來臺，礦工們為其賣命挖出的礦，與熱門景點黃金瀑布、本山五坑的模擬坑道，這些創下觀光收益的地帶，舊昔亦屬開採的範圍，是否也應禁止前往？旅遊單位在媒體表示以前外國人只知日月潭、阿里山，現在已會來金瓜石、水湳洞，意謂聚落的發展不一定要靠索道。看到這種報導，很難不生氣。我們籲請臺車系統復駛，是由於一份記憶以及懷舊之情，盼待重啟風華，讓離鄉的遊子走回家鄉路，提昇聚落高度，讓世界更清楚地認識金瓜石，而

斜坡索道的復駛與否，關乎聚落百姓能否重新走出當年回家的路。

這些究竟與外地觀光客有沒有來此地遊覽何干？

在山上的日子如黑白記錄片，沒有華麗的運鏡技巧，但真實地呈現出與鄰居、土地的交集，儘管觀光潮不及九份，我們依舊盡本分地書寫著聚落，無論政府是否聽到我們的聲音，看見我們的訴求，我在這裡生長，也懷念桑梓的生活，記得時已年過八旬的春山叔說過有生之年能看見斜坡索道恢復原貌，找回童年走過的路，一生也足夠了。擔任過索道運轉員的石成叔，大半人生與繩索綁在一起，礦車頭咬住軌道的繩索，一車車的礦產便被運往水湳洞，即使早已退休，也不定期會到溪中淘金過過礦工癮，這份對金瓜石的難捨，讓他婉拒親戚邀約移居美國的建議。面臨民宿生意不如從前，二姐說不管大環境多惡劣，還是要透過經營雲山水讓更多人認識家鄉之美。每每憶及這些長輩對故鄉的情深意重，內心的激動與感恩油然而生。大家對聚落的態度已無法用不服輸形容，我在當中看見溫柔的堅毅。

我這一輩的金瓜石小孩轉眼已來到中年，祖父母等上一代皆盡凋零，唯一和我跟故鄉有血緣交集的家族長輩只剩下阿姨。從小看我學走路的鄰居問這次母親怎麼沒跟我一起回來，舊厝現在有無要賣？失恃之痛瞬間湧上心頭，喉嚨彷彿被魚刺鯁住，待情緒稍微平復，我強忍哽咽告之母親已離世，五號路的產權不賣。與鄰居道珍重時，他要我常回來，說母親雖離開了，但金瓜石是長大的地方，就當是替母親返鄉來走走。辭別鄰居後，我往老宅的方向走。

曾有人半開玩笑形容母親和阿姨那一輩是金瓜石初始的形象代言人，像未經處理的原礦，經過聚落繁華、臺灣經濟起飛，她們躬逢其盛卻不媚俗，含辛茹苦拉拔孩子。拚了大半生，礙於政策，只有房屋權，每年按時繳租金給臺糖，就算數十年都這樣，我也從沒聽母親與阿姨怨嘆過，也許在她們那個年代面對生活的態度就是安分守己，以及不計較。

行經祈堂路來到從前戰俘營的舊址，如今此地被規畫成「國際終戰和平紀念園區」，保存著往日營區的門柱與一小段圍牆的遺址，其上斑駁的文字記錄著：「此門柱與牆壁是臺灣第一戰俘營的圍牆僅存的遺跡，戰俘營於一九四二年十一月至一九四五年五月設立於此。」一記得第一次來，當我看到一九九七年落成的臺灣戰俘紀念碑，當下我的直覺反應是：虐待戰俘的不是日本人，怎麼會由臺灣人斥資為受難者立紀念碑？據我所知早年日本逼迫戰俘去挖礦，派臺灣人監視；然而，臺籍監工甚是同情戰俘，常趁警衛沒看見，偷偷地把自己便當的飯菜分給他們吃。可是戰後臺籍監工卻為此受審，甚至喪失性命。屬於這些人的紀念碑呢？這裡的遊客不多，身為在地人，不知為什麼我比較少單獨散步至此，一直百思不解，金瓜石事件政府何以沒比照紀念戰俘營的模式辦理？眼前就是曾就讀的瓜山國小，想起那些無辜的殉難者與我一樣，曾坐在同一所學校的教室裡求學，卻被迫提早結束生命，我就分外難過了起來。

沿大馬路靠右邊走，經過兩側廢棄的房屋，再步下長長的石階就是五號路了。分明還聞到準備晚餐的飯菜香，周圍的住家卻都門窗緊閉，讓我有如入無人之境的錯覺。搬離聚落那年，我還在懵懂的愚騃，當時此地盡是石頭厝、黑屋頂、磚造房，如今眼目所及的建築幾乎全翻修成平房，有的賣給外地人度假用。唯一僅存的瀝青牆身是一處沒有屋頂，也未見門牌的遺址，正是我幼時識字，現在等待著我們重建的老家。由於室廬處於長年崩塌的狀況，早期每次回來能在故鄉待上八個鐘頭就很幸福了，大部分時間，我還是搭夜車趕回臺北。近年承二姐盛情，偶爾寄宿雲山水，得以欣賞睽違的夜景。返鄉，我刻意不用手機，讓思緒變得清明，也格外容易懷念起母親。二〇一四年的二二八，我陪她回來。在城市幾乎沒什麼運動習慣的她，臉不紅氣不喘地爬過通往黃金博物館的長長的石階，我問她累否，她笑說從小在山裡長大，山頂囡仔哪會累。原來，母親和我一樣，以山城子民的身分為榮。站在櫻花綻放的樹底，我幫她拍下第一張在黃金博物園區的照片，她笑得開懷。那是母親最後一次回來。母親臨終前，我感謝她給了我這麼美麗的故鄉，也承諾盡所能整建老家。

回到民宿，今年初春，我飽嘗豐盛的人文饗宴，心靈感到富足；但不可否認，當我複習礦山那段宛若電影劇情的歷史傷痕，仍沉痛難抑，彷彿眼睜睜看著親人被硬生生抓走，而且是沒任何理由。好在，時移事往，真相逐漸明朗。另外，曾經最讓我覺得悲傷的莫過於整個

金瓜石是母親的故鄉，她回家了，那一年與櫻花樹合影之際，她欣喜著。

世紀以來，身為金瓜石的一份子，百姓只享居住權，任憑再有錢也無法買土地。所幸歷經漫長等待，我們終於能有自己的土地，有些在臺陽公司的部分售價雖未談攏，但我相信難關會找到出路，像沉寂的冬天過後，轟隆隆的春雷響起，大地又會展露盎然的生機。

子夜時分，屋外的雨聲漸緩，空氣中瀰漫著芬多精的清新。經過白晝一場春雨洗禮，整座山城想必更為滋潤，或晴或雨的風景裡藏著讓人意想不到的驚喜，明天的金瓜石又會生出新的力量來。

輯四

翻閱城事

既然每次改朝換代的喧擾，皆掩蓋土地與索道微弱的呼聲，咱們只好開啟另類模式，絕非抗爭但仍不放棄與權利對話，釋放資產是一種謙卑和懇求。

翻閱城事

被山與海環抱的金瓜石，輕聲地呼喚我回來聽它改以另一種語言書寫自己的新頁，關於舊昔的滄美與現在的落寞，以及那未知但可預期的人文，無論看得見或看不見，有形或無形，聽得見或聽不見的風景。

涼爽的風襲來，空氣中混雜著泥土香，這是下過雨後的味道，我深吸了一口氣，頓時頭腦清明了起來。看著眼前的建築，我對照筆記上的手繪地圖，這些是店家的位置，我依序將這些屬於家鄉的記號烙印在心版。

通常在山上，就這樣什麼事也不做地對著大山就能獲得意外的喜悅，可能是幾聲清亮的鳥鳴，不遠處分布著許多的住戶，有些分明是現代化的外觀卻又那樣和諧地跟山景融合成一體。

山尖路上開落著幾家民宿。我們的家一八七，環視周邊絕佳的山海景色，跟著主人走進室內，他解釋因當天場地租借給劇組拍戲，故不方便帶我參觀房間。我擎起相機，小心拍照，深怕打擾到戲劇的拍攝，邊把大廳的明美風采攫入視窗，邊聽老闆率直地說近年景氣雖影響陸客的住宿；但他自有一套經營模式，讓民宿在蕭條的環境下仍有其盎然的生機，並持續地行銷聚落。老闆說許多有相關科系的學校邀請他把實戰經驗分享給學生，他認為山中民宿兜售的不應該只是客房，讓客人賓至如歸的訣竅在於認真接待客旅。

往下步行，映入眼簾的是歐式斜頂的一棟建築，利未莊園，二〇〇三年，曾建華夫婦在外地尋找有風和陽光，適合教會辦活動的場地，開車來到金瓜石，發現這裡有山谷有雨水滋潤，確實是個好地方，加上當年SARS疫情在臺北蔓延，也使他們決定遠離塵囂，讓生活回歸大自然，打造出民宿空間，將健康的養生之道與客人分享，碰到有失眠問題的客人，則會泡一壺薄荷迷迭香茶招待。夏天坐在中庭的露天木造陽臺，欣賞大肚美人山、無耳茶壺山，簡直一大享受。

同樣位於山尖路，已在這裡耕耘十年的緩慢民宿，當初選擇既有豐沛的人文歷史又僻靜的環境落腳，饒富意境的店名，古典音樂裡的「Adagio」意謂著「慢板」，變成到訪金瓜石遊客的一種旅行，甚至是生活的態度。一入門，店裡的礦車吸引了我的目光，環顧室內建築採用大量木頭、落地窗玻璃為空間的特色。在緩慢，任何一個座位都不會讓人錯失秀美的山色，悠閒地品味午茶時光，香醇的黑咖啡，搭配手工南瓜蛋糕，遙念舊時金礦山風情。這裡的餐食很特別，店家會將礦山小故事融入在地的新鮮食材，藉由師傅巧手烹調出美味的料

一隻外冷內熱的虎斑貓，沿路雀躍地同行，無視陌生與否，且坐於觀景臺，陪我賞讀四圍的山海風光。（洪尚鈐攝）

理，聽著佐以當地食材的故事，讓客人進一步認識金瓜石。此外，室內的藝廊空間，陳列著山城藝術家的作品，鼓勵在地的文創不遺餘力。

在這些的別出心裁之外，經由石頭建材呈現早年樣貌的雲山水小築，以及一路蜿蜒而上至祈堂路的祈堂小巷、散散步，還有空間不斷推陳出新，又致力透過創意來活絡地方文化的金瓜石一〇一等民宿，陪伴不同的旅者，見證聚落的花開、花落，成為另一片風景。

輕便車經過之後

時間翻過了黑屋頂年代的輝煌，在我前面的舊輕便車道是舊昔為便於運礦而設置的索道，當時藉以克服山勢高低落差而建的交通系統。一九三一至一九五六年間，瑞芳經九份至金瓜石也有從瑞芳輕鐵株式會社經營的輕便鐵路，為早年此地對外的運輸。渾然天成的礦脈、未經人手雕琢的石頭以及整座礦山的景致，皆出自創造主精致的鋪陳，不管是初來乍到者或已落地深根，皆沉醉於聚落之美，有人至此一遊，把許多風景儲存在相機裡帶走，也有人乾脆定居，成為這裡的一份子，位在舊輕便車道上的「金瓜石一〇一民宿」正是由於主人喜歡礦山人文而建立的民宿。

走過黃金博物館，行經小橋流水，順著曲折的小徑往前行，過了古樸的紅磚式咖啡廳後，民宿就在眼前。鵝黃色的外觀建築，於群山綠意環繞中顯得溫潤且寧靜，矗立在昔日輕便車道旁的位置，更讓民宿憑添礦山的思古風情。民宿主人郭詩昇在一次旅行中遇見依山傍海的聚落，便震撼於金瓜石看起來像一座小山，卻深具大山的氣勢，環境單純，民風質樸，讓他決定在此落腳。經歷礦區的沒落，看著繁華漸褪，當年的銅加工廠如今成了時雨中學的運動場，這裡也慢慢趨於平靜。任教二十年，在現實與夢想之間擺盪許久，郭詩昇與妻子商量後決定提早退休，將自宅改建成「金瓜石一〇一民宿」，並於二〇一〇年秋天正式開幕。

民宿的裝潢以「礦山」為設計軸心，推開大門，天花板與地板均採黑色調鏡面石材，大廳一對用石頭裝置成的柱子，分列左右，和諧地安置在棕銅色的牆上，非但不違和，還散發著陳年況味，宛若歡迎訪客走進古早的礦坑。主人送上一壺冷泡茶，純淨、甘潤的口感，想必是用山泉水泡的。展示櫃陳列或大或小的礦石，樓梯間展示著金瓜石主題油畫。每間客房以礦產取名，設計師用鏤空的浮雕做為每間客房的門牌，分別為「流金歲月」、「銀河夢境」、「永結銅心」、「真愛如鐵」，獨立於三樓的家庭房則以「異想世界」為名。不只訂房時常客滿，電影《一萬公里的約定》劇組更曾專程到此拍攝，特別把「流金歲月」房，接近落地窗玻璃的區域布置為片中角色小珂（簡莉紋飾）的房間。每個房間色系與擺設按著主題而有所變化，其中的窗景也跟隨天氣晴雨有不同的風光。

經營者希望藉由民宿來實現天涯若比鄰的理念，提供到訪者賓至如歸的休憩所在，能談及多少有關金瓜石的內容是其次，反而重視每次與客人閒話家常的過程，如果發現彼此頻率相同，同樣喜歡這裡的山水，同樣覺得靈魂需要接受大自然洗禮的客人，這已成了最大的滿足。

二〇一六年，郭詩昇夫婦把民宿移交給女兒和女婿陳智翔管理，正式接手的陳智翔，從建築設計跨足觀光旅宿，逐漸建立起新一代的營運模式，他謙和地說自己還年輕，無法像岳父以人生歷練深入去跟客人訴說這塊土地過去的故事。他觀察到有些人玩了整天後，並不想與民宿主人聊天，只想沒有壓力地待在房裡放輕鬆，於是承接民宿後他重新裝修房間，加強硬體設施，打造出旅館等級的民宿。後來，不但新規畫出「山城祕境」的房間，也將旁邊原本閒置的空地，設計成透明的玻璃屋，並親自掌舵，提供手沖咖啡、茶飲、手工糕點，佐以欣賞山景的環境，豐富人們的行旅。

民宿前的舊輕便車道讓許多驅車前來的客人略有微詞，說如果路能再寬敞些更好，想來他們並不曉得眼前的輕便車道已是經過拓寬，才成為現在可以讓一輛汽車通行的寬度，「輕便車道」，顧名思義，原本就是提供臺車載礦使用。即使臺灣曾是日本的殖民地，可是如果沒有人去傳承，歷史也將變成無人問津的過去，不說臺灣人，就連日本觀光客也不曉得當年此地出產的黃金全數被運往日本。

在地的人文必須藉由景點讓外界進一步去認識，因此除了黃金博物館、太子賓館與四連棟，陳智翔也推薦茶壺山，包括附近的觀景臺、報時山，都是令人值得一探的私房地圖。遇到對淘金話題有興趣的訪客，他會從礦坑的開採說起，經由礦車把礦石載到外面大停車場，

米黃色外觀的「金瓜石一〇一民宿」，歡迎到來的旅人留步，體驗山城之美。（洪齊攝）

再講到搭高空索道或臺車軌道下去至十三層煉銅廠提煉，過程所產生的重金屬，則經廢煙道排出的採礦過程。通常陳智翔會趁晚間與客人聊一下金瓜石礦史、景色，隔日客人包計程車上瑞芳市集時，他也會貼心地請司機開濱海公路，幫客人簡介黃金瀑布與陰陽海的由來，使遊客在有限的旅程中了解金瓜石。

面對陸客銳減，郭詩昇的妻子說，生意雖然受影響，但換個方式想，只要還有人願意來到金瓜石，體會有別於都市的生活，她內心依舊感恩。陳智翔則認為土地需要安息，前幾年大批觀光客絡驛不絕地來到金瓜石，步道的垃圾撿不完，停車場的車位全滿，連住戶的車輛迴轉、路人行走都困難，所幸觀光客減量的這段時間，居民又能輕鬆行走，而土地經過休養，整個聚落生息也已復原。

夕陽的餘暈把天邊的雲彩染得酡紅。房間不用啟動冷氣，僅需微啟窗戶，沁涼的山風就令人暑意盡消。我播放音樂讓房裡充滿礦山的旋律，童年時我不必靠記憶就能看得見的基隆山、金瓜石溪，如今竟得憑老照片才能想像它們曾有的容顏。思索下午跟民宿主人談到當年的斜坡索道修建以及金瓜石定位與走向，他那種期盼復甦又怕土地遭破壞的心情，也是我長期以來的擔憂。會來此的人都是愛上它的淳樸、大自然與寧靜，假使有一天，斜坡索道重新行駛，勢必吸引大批觀光客前來，聚落變得熱鬧，也難免將帶走現今的清幽。我想以地方發展的立場，金瓜石人當然希望家鄉能適度發展，帶動店家生意，畢竟老一輩是從繁榮步向沒落的一代，若能再次走向興盛，相信大家樂見其成；然而，以居民的角度而言，安靜的日常是基本的需求，各項的發展必須在不影響生活品質的原則下做研討。

聚落的夜晚比城市更早來報到，倚窗獨坐，感受山中的靜謐和脈動。打開落地窗，佇足陽臺，滿天星斗點燃眼底的淚光，我仰首望著深邃的星空，瞬間深刻體驗到回家的感覺是這麼溫暖。記憶深處的鄉愁，與或遠或近的路燈，一起陪伴山中的夜，微微地，亮了起來。夜貓在路旁蹲伏，晚風迎面輕拂，樹影婆娑，似乎在傳遞某些歷史課本沒教我的事，關於故鄉的以後，我忽然好期盼它能如風般，照著自己的意思吹往不同的方向，有無限的可能。總在這樣的夜闌人靜，在準備就寢時，我私心期待疇曩輕便車經過的聲響、樹蔭下老歲人搖扇講古的笑聲、孩童玩耍彈珠發出的清脆撞擊聲，與鄉愁一起出現在夢裡。

翌日，我在悅耳的鳥鳴中甦醒，溫暖的日光慷慨地潑進窗戶，看來盡責的晨曦比鬧鐘還怕我錯失山中美好的清晨，伸了幾個懶腰，梳理完畢便走進大自然的邀請。

許久沒在晨間跑步，在朝九晚六的打卡聲裡上下班，晨跑成了一種奢侈的想望。沿著舊輕便車道慢跑，跑過金光路日式宿舍、五號路金瓜石教會、祈堂路督鼻仔寮，也跑過電影《一萬公里的約定》取景點，就是跑不出這座山，而如果可以就此停留在它的懷抱，倒也成全了我的一樁心願。

回到民宿，早餐已上桌，聽我說不能喝冰的，還特別替我把豆漿加熱，醇濃的口感有別於一般市售的豆漿。好久沒吃到的地瓜粥，拌上有芋頭味道的豆腐乳與煎得入味的菜脯蛋，讓我一度以為回到了童年的早餐辰光，清甜的高麗菜、爽口的小黃瓜更讓運動後的胃口大開。窗外不時傳來幾聲鷓鴣的啼聲，成了好聽的背景音樂。飯後，民宿主人還招待了咖啡。提到咖啡，這可是陳智翔的拿手絕活，從學煮各式咖啡到精挑細選吧檯的咖啡機，每日他會煮出適合當天心情的咖啡，甚至有別家民宿的客人專程走長長的山路來此，只為喝到不同風味的咖啡。生意不忙時，陳智翔望向屋外，看著客人帶著妻子跟小孩坐在露臺喝咖啡的時光，他的心也滿溢著幸福。

金瓜石每個季節的景觀變化無窮，櫻花、杜鵑、楓葉各按其時開得美麗。陳智翔眼中的金瓜石，是北部的世外桃源，在奇珍異草之外，尚有許多值得活化的歷史遺址，斜坡索道旁的天車間就是其一，許多的遊客喜歡在那邊打卡，不過我好奇曉得它的典故與古早的用途者究竟有幾人。縱使斷垣殘壁極具歷史的滄美，可是攀爬到上面拍照仍有摔落山谷的危險。對此，學設計兼研究建築的陳智翔說姑且先不談斜坡索道復駛的可行性，就短程而論，天車間遺址的外觀，可用鋼構製成玻璃帷幕，針對內部做整修，無論採一比一的模型或圖說，甚至

特殊的陰陽海景，恰似印證礦華的鈐記。

透過玻璃帷幕對映陰陽海景色去設計，藉以表現特殊的礦區風光。

盼待政府相關部門訂出聚落大方向的發展，讓民間傾力輔助，用一個大主題將整個聚落的不同題材連成一個礦山園區，不只保存聚落文化且讓它活絡起來，讓金瓜石的「靜」，與九份的「動」各適其所。

一直以來，金瓜石常被誤認為九份，陳智翔提及縱使「金瓜石一〇一民宿」的地點位於金瓜石，可是卻被某些網站畫分到九份，他致電希望能更正，卻被對方客氣地告知區域名稱是照系統而設定，抱歉之餘他們也愛莫能助。這是陳智翔的感嘆，也是許多在地人的無奈，更是我內心深處對這塊土地深沉的心疼和不捨。

面對摯愛的金瓜石，望著輕便車道，當輕便車經過之後，我反芻這片土地的歡樂與哀愁，只能憑藉書寫，讓靈魂底層的記憶裡，那些價值連城的礦石被挖掘出來。而更多時候，我深願自己還能再為家鄉做些什麼。

走在舊昔的輕便車道，想像當年臺車運行的榮景，空氣中彷彿飄浮著礦的氣味。

漫步雲山水

在這裡，我習慣讓步伐放得緩慢，舉目望去，四圍盡是連綿的群山、舒卷的雲朵，寧靜的海水，讓人心甘情願停靠在這樣寬厚的胸懷裡。房頂上油毛氈新刷的瀝青味、古樸的石頭屋，成了聚落隨處可見，卻百看不膩的景色。

黃金山城的觀光燒了超過十年，溫度已沒有過往的熱度，至於故鄉的觀光日後要怎麼拓展，居民、遊客與業者之間，怎麼做才能使各自的獨立性不會淪為彼此的衝突？如何不干擾聚落的幽靜，又可以集思廣益將當地的淘金故事販售給遊客……。諸如以上的議題，我實在沒有太多的想法，每次回來只想單純地享受，安靜地落腳，傾聽在地人告訴我故鄉的近況。

金瓜石有幾家民宿，我常住的莫過於雲山水，除了欣賞民宿主人二姐面對人生的豁達，也因為石頭屋的關係，礦山有許多從日據時期就蓋的房屋，可是能如雲山水長年一直維持建築的原貌者已少見，也因此吸引喜歡老房子的遊客入住，有些人還曾因排不到石頭厝而鬱卒。隱匿於石階旁的小巷弄，雲山水，它是金瓜石非常早期的民宿，牢靠的石頭屋，建材來自基隆山硬度極高的石英安山岩，由老師傅用手工一塊塊地鑿出，疊砌而成，由於石頭堅固的厚度，住起

狹長的一線天步道，是在地人的私房風景。

來格外冬暖夏涼。

店家特別讓建築外觀保留日據時期一個門牌為一戶、油毛氈屋頂的設計，沒重新打造，連採預約制的鄉土風味餐，也是以自家種的菜、海邊的魚為主去呈現家鄉味。看到部分業者把民宿改為像飯店式的裝潢，有些甚至因此增加住房率，我好奇雲山水難道不想也在這方面做些調整以提高競爭力？二姐說現代與懷舊均是建築的風格，有人喜歡舒適的時尚感，有人追求返璞歸真，並無優劣之分，讓人客能擇其所愛才是她所樂見。在這本礦山字典中，我讀出的是彼此幫補的人情，卻找不到互相惡鬥的壓力，這樣的淳良，從以前到現在，始終未曾消逝。

忘了是在幾度回鄉之後，我才發現家裡與二姐的家，原來在我兒時早有一段淵源。當年阿公病重，里長數次前來探視，我記得那天阿公難掩悲傷的情緒，激動地懇求著里長，「阿呆啊，我破病這麼久一直用錢，麻煩你盡量設法，看咱這有啥補助能申請否，阮實在真不好過……」彼時年紀小，我不知最後里長怎麼回答阿公，只記得他緊握著阿公的手，頷首安慰阿公時，臉上那份感同身受的表情，我印象猶深。這是在我們全家遷居城市，我多次回金瓜石投宿雲山水後，聽阿嬤跟母親聊及舊昔，才得知原來人稱阿呆里長的吳水波正是二姐的父親，我與二姐提到這段往事，她驚訝地笑說自己完全不曉得我們竟還有這層淵源。

離鄉許多年以後首次回來，我尚未將阿公生病的過往，和雲山水以及阿呆老里長伯的關係聯想在一塊，就在數家民宿中選擇入住雲山水，我相信這其中有上帝的帶領，讓我得以跟童年、故鄉重新連結。二姐問我知不知道「阿呆」稱號的由來，我當然不會曉得，雖然這暱稱既親切又可愛，但我真的百般納悶怎麼有人願意叫「阿呆」。二姐好笑又好氣地說老里長伯之所以被人們稱做「阿呆」，是因為她的父親常忙里民的事，自家的事卻經常忽略了，也難免惹來家人的小碎念，但古道熱腸的性情依舊。在我和家人的心裡，老里長伯確實是個熱心的老好人，無論阿公或阿嬤，還是鄰舍碰上難纏的事總會說，「咱來去拜託阿呆逗幫忙，里長人不錯。」類似的話小時候我不只聽過一遍。

看著石頭屋，我追憶起阿公與老里長伯的這段互動，不因時間洪荒沖刷而模糊，倒像歷經百年歲月更迭的石頭屋，非但未減損它的風華，反而讓石頭與石頭之間的密度愈靠愈緊，自然而然表現著聚落人家的儉樸和堅毅，與守望相助的精神。二姐始終關心聚落的發展，原以為這樣的古道熱腸是來自父親與胞弟皆曾連任里長的影響，但她說透過經營民宿致力社區關懷，並未倚靠里長世家的光環，甚至家人無官一身輕時，反而對地方與鄉親更能大刀闊斧的建設。

面對住房率的波動，她覺得人數滑跌的現象不只發生在金瓜石，也是臺灣許多村鎮遇到的瓶頸；這樣的轉變並未打擊到她的經營方針，讓金瓜石觀光能不斷走向深度之旅，帶領遊客認識聚落的人文、自然，這樣數十年如一日的理念未曾改變。

石山橋下的溪水潺潺，我老分不清楚這條溪與祈堂腳柑仔店旁的那條溪，誰內誰外。好在二姐總不厭其煩地教我簡易的區別方法，石山橋下的這條是外九份溪，而祈堂腳旁的那條則為內九份溪。雖然金瓜石幾處基本的景點，觀光客可從博物園區搭八九一遊園公車，開往水湳洞再繞回金瓜石，沿途司機會讓遊客下車拍照，半個時辰左右就可流覽整個礦區風景；然而，我還是喜歡二姐的散步路線，這不僅是她的私房景點，更是聚落的祕密花園，沒在地人做嚮導，外地人不可能有其門路能前往尋幽訪勝。

獨領風騷的大自然風情、絕佳的奇珍異草等生態景觀，這些皆為創造主恩賜故鄉的禮物。二姐希望藉由培育臺灣百合、金花石蒜等植物突顯出在地的特色，讓來度假的外地人像在自家花園聆賞鳥語花香，進而喜歡這個聚落，不單是走馬看花或照相打卡而已。

不藏私的她喜歡分享鮮為人知的聚落景點，通常觀光導覽也較少介紹，只要天氣允許，時間充足，她都會帶訪客一遊，我常問二姐有無預先排定的行程，她笑說自己向來不按牌理出牌，想到哪裡就去哪裡，見我一直想再走一次民宿附近的水圳尾步道，趁著秋高氣爽，黃昏風涼，二姐領我從石山橋前面的石階步道往上行，沒多久，一條橫向的舊水圳道就出現在我們眼前。

依循舊水圳道沿山腰走，途中景色美不勝收，我邊拍照邊聽二姐講舊水圳道的由來。途中行經水圳穿鑿巨大的岩壁，看起來類似一線天的峽谷，有當地「摸乳巷」之稱。穿越一線天之後，又遇見跨經內九份溪的水圳橋，橋下已無流水聲，看著周圍蔓草叢生的圳道，儼然一座草叢橋，我直呼好可惜，二姐說像這樣的遺址在附近還有很多，只能拋磚引玉，號召大家共襄盛舉，讓這個世界遺產潛力點之一的聚落得以被保護。

留在大城市或許不乏一展長才的舞臺，卻不見得有好的生活品質；而小聚落有優良的環境，卻苦無合適的就業機會，這樣的矛盾在短時間內雖不容易克服，但人終究得落葉歸根，讓自己和離家的下一代去了解生命的起源，何況深具臺灣普羅旺斯潛力的金瓜石，若能強化採金歷史與觀光發展，鼓勵青年返鄉，對聚落的再生，勢必會掀起一波的風潮。

望著二姐面山看海的背影，我不禁想起她常說的，這裡真是一個好地方。是啊，而我何等幸福，能以金瓜石的孩子為榮。而聚落中如此靜好的浮雲、群山和流水屬於大家，無論外來者或在地人。

當樹枝發嫩長葉

澄碧的天空宛若才洗過般，客運持續在筆直的公路上奔馳，沿途我們不時交頭接耳，當壯綠或蔚藍乍現眼前，乘客們不約而同發出「哇——」的驚呼聲，不願你錯過絲毫的良辰美景，隔著窗玻璃，我迫不及待地跟你介紹前面就是觀海亭，打那進去就是暗街仔……。車行約略二十分鐘，在我們言談說笑之際就順利駛進金瓜石。

幾棵長著嫩葉的樹把夏天綠得好消暑，宛若所有的人事皆進入嶄新之季，縱然有過多次強颱肆虐，這片地土仍發揮造物主恩賜的能力，恢復良好。這是你首次來我的故鄉，從城市出發前，我問你有無特別想去的景點，你說能暫時離開塵囂，來看看讓我魂牽夢縈的地方，天寬地闊，所到處盡是迷人風光。儘管你所言不差，可我仍私心想推薦你一條精簡的私房路線，導覽我的老家。當然，在這之前，我們必須先填飽正高唱空城計的肚腹。

蜿蜒的石階路在我們眼前延伸開來，從前的記憶裡它並無扶手，長大後不知何時在兩側增置了木頭扶手我也沒特別去留意，或許是後人意識到現居者多為童叟而做的體貼設計。去年秋天上山，慣例漫步至老街，扶手仍在，只是原木的顏色被彩繪成宛若彩虹的音階，我才赫然原來老街稍加妝點後，也能有青春的容顏。

那映入眼簾的虹彩，如一朵朵悅耳的音符，在方寸間跳起美麗的舞蹈，原本灰濛濛的心情頓時明亮起來。類似鯨魚躍出海面瞬間之感。我查看手機相簿內，早年本來原木色的扶手，散發的是往昔礦山況味的古樸，與現下繽紛的感受截然不同，那種欣喜已超越原始與現代視覺美感何為優劣的理性，以及，會否影響老街風貌的思維。只是一種像小時候過年換新衫的感覺。

爬過這一長串的石階後，座落於半山腰，一家黃綠顏色相間，用黃底紅字寫著「海釣白帶魚煮酸菜」店招的小店近在眼前。竹筏造型的外觀，在老街上雖不十分醒目，卻為老饕必訪之地。雖已過中午，用餐的人還是很多。店內那桌面窗的客人剛走，桌面尚一片狼籍，已被喜歡臨窗位置的我捷足先登，店家邊招呼邊麻俐地收拾，就這樣咱們幸福地撿著一方能鳥瞰聚落的座位，環視店內簡樸的裝潢，牆上一幅黑白照片，勾起了我的回憶，老闆娘笑說聚落清一色還是油毛氈房屋的時候，頭家去修補厝頂人家拍攝的畫面，現在已經看不到了。是啊，年華似水流，誰又能使已過的美好去而復返呢？

掌廚的老闆娘除了煎白帶魚、煮芋頭米粉湯，店東則是忙著上菜，三不五時還得張羅客人帶位等細節。「頭家啊，自以前到現在，生意同款這麼好，位子攏不夠坐了，要多加幾張桌椅，順便再請兩個人來幫忙啦。」客人買單之餘不忘建議老闆。我想這一片普通的小店生意能屹立不搖，憑著現場端出一道道抓住客人胃口的料理外，老闆的熱忱也是吸引遊客屢次光顧的原因，即使忙到不可開交依舊笑臉迎賓。若白帶魚芋頭米粉湯是店家主打菜，透抽則為隱藏版招牌，店員介紹說炸的香酥，汆燙的鮮美。你嗜酥炸，我愛清淡，兩人作難了一會兒，那麼，且各來一份解饞吧。環視周圍的漂木與其他裝飾皆為老闆精心布置，隨心所欲地擺放、拼湊，我想起你的故鄉也有一位漂流木藝術家，運用漂木作畫，其用色鮮明活潑，與店家是兩種截然不同的風格，一靜一動間，展露著各自的生命脈動。付完帳後你稱讚這家店的東西好吃，下次再來。聽見你這麼說，我感動了起來，小小金瓜石，沒有九份的人氣與飲食，有的不過是蹲踞在山坡之間的住戶，連吃也是道地的家常料理，卻能受到你的青睞，自是令我欣喜。

我帶你走過兩旁門扉緊閉的住家，來到我的老家。當時年紀小，搬離故鄉的前幾天，國語課本碰巧教到第九課〈我是中國人〉，那日放學回到家，我問母親我們要搬去的地方也是中國嗎？見母親頷首稱是我才放心。我不明白為什麼會提出那樣的問題，是鄉愁，或其他？至今依舊無解。搬家當日，我聽到阿嬤探詢父親：「這衫櫥擱真實用，甘無法度搬？」只見父親搖搖頭，我曉得礙於有限載運的空間，某些陪伴我們度過桑梓歲月的大型傢俱，比方摺

木質扶手雖變得繽紛，可是我依舊未曾遺忘陳年況味。

疊著全家衫褲的原木衣櫃、增添笑聲的拉門式黑白電視、承載三代親情的桌椅就那樣硬生生被放棄了，剩下大人們忙把傍身之物與幾樣簡易電器搬上貨車的身影。「這裡是你的原鄉，保留它是正確的決定。」你說。

這幾年，鄉人出售故居移遷外地者不在少數。得知有人出價時，我嘗試說服母親不要賣，雖了解我對故鄉的情感，我相信她同樣捨不得老宅出售；但考量到經濟面，她只得無奈說先擱著吧，若有好價錢再說。近些年，我一直檢討自己是否過度浪漫，甚至不切實際，人家離開這個沒謀生機會的所在，而我卻想方設法不肯失去眼下這片人去屋塌的土地。你的肯定讓我感到自己是被同理的，萬一又面對質問時，我可以坦然回答：「這裡是我們的原鄉啊，根柢當然要留存。」這樣每次回來起碼還有權利站在屬於自己家門前，指出當年阿公午眠的臥室、阿嬤蹲著起灶替家人燒洗澡水的角落，以及逢年過節左鄰右舍相約做粿的所在。然後懷念地說，這裡就是我小時候跟阿公阿嬤，和父母弟妹一起生活過的大家庭。

阿公生病的那陣子，為了籌措醫藥費，家裡不知打哪批來做梳子的手工，每天放學的午後，日頭把手工的零件曬到暖烘烘的，我跟大人一起趕工，將約莫零點五公分長的鐵釘固定在廠商事先鑿好穿孔的磚紅色橡皮上，等穿完密密麻麻的小釘子，把兩個成品相對疊成一組，再用小鐵鎚把橡皮上的釘子敲到平整。除了我家，也有鄰居批回去做，大夥都認為穿鐵釘最累人，往往釘好一個橡皮面後手指就刺痛不已，小孩更沒耐性，經常做好一個就偷懶許久才繼續穿第二塊橡皮。後來索性大人穿鐵釘，孩童幫忙敲鐵釘。

繞過斑剝的瀝青石牆，拾級而上，空曠的舊戲臺停著兩三輛私人轎車。早年這裡等同露天的里民活動中心，堪稱居民的聚集地，搬演過人生無數次的婚喪喜慶。夏天，當自家門口埕不敷使用時，大廣場搖身一變，成為做日光浴最佳場所，家家戶戶均把棉被、棉襖等厚重衣物拿出來晾曬於太陽下，不僅殺菌，那暖和的溫度跟日光的氣味也讓我覺得幸福。黃昏叫賣叭噗、板豆腐的小販穿梭在五顏六色間，買賣之際還得留心不弄髒日光下的衣物，形成一幅逗趣的畫面。

復往前行，行經乾涸的水池，小時候貪玩，趁沒大人在池邊浣衣，跟同伴偷上那裡戲水，一個不小心栽了跟斗整個身子淹入水中，也忘記後來是怎麼被救上來，只知回家後被阿嬤訓了一頓，再三告誡我以後不准靠近水池。路過酒堡口，我特別跟你介紹，這邊是電影《悲情城市》中，市場與相館的拍攝地，可惜如今已面目全非，得仔細比對才能看得出來。不曉得為何，有時置身荒煙蔓草間，我會沒來由地想起以色列，這個在公元兩千多年以前被殲滅，於一九四八年五月重建的民族。亡國期間，就算多數人流離失所在外，但它的信仰、自然風采等民族性仍得以保留，其堅強讓世人嘆為觀止。恰好故鄉也有這樣的生命力，歷經幾番的

修補油毛氈屋頂的景致，如今只能透過老照片，去重溫早年的風情。（簡慶安提供）

動盪，仍屹立不搖地存在著。

你說，來這些我童年生活過的地方走踏，進一步認識金瓜石的日常，遠勝人聲鼎沸的觀光景點，確實啊，因此，我們捨掉遊客眾多的黃金博物園區，欣賞過聚落專屬的黑厝頂風光，朝上方的停車場方向走去，此處是觀賞陰陽海的制高點，日光正好，湛藍與澄黃雙色合成的獨特景致分外明美動人。

落山風吹來，四圍花葉隨風搖曳，我們又爬過一段山路，與幾隻斑斕的蝴蝶擦身而過，彼此作伴卻互不干擾，我在心中祝福並拭目以待這座百年山城，樹枝發嫩長葉的時刻早日來臨。

如鷹展翅

清朗的穹蒼，裝上了翅膀的民宿，也有幾家小店，張開雙翼在其間翱翔，時而悠緩時而迅捷地移動，或時尚或古意，有的降落在無耳茶壺山巔，有的停靠於大肚美人山邊，從清晨到夜晚，變化著飛行的姿態，承載遊客欣賞不同角度的山城。

我對這樣的夢境，絲毫不感到驚奇或難解，這些開在山間水湄的店家，宛若有著鷹的翅膀與眼睛，帶領許多人進一步看見金瓜石。

聽民宿主人講述金瓜石，總協助我補齊家鄉散佚的訊息。遠從一九五五年，「臺灣金屬礦物局」改組為「臺灣金屬礦業股份有限公司」（臺金公司），接管礦區、一九八六年，臺金公司三棟辦公室發生嚴重的火災、一九九七年，「金瓜石戰俘營紀念碑」落成、二〇〇四年，黃金博物園區正式啟動，到近年老街上那間做為民生必需品供應地的金德發商號結束營業，僅存內九份溪旁的柑仔店，提供遊客買瓶彈珠汽水兌換古早的風味等事件，皆是住民宿時或由店家口中得知。

維基百科對金瓜石地理的描述如後，「本區域三面環山，東以半屏山與半屏溪流域的南雅里為界，南以燦光寮山及牡丹山與雙溪區接壤，西隔基隆山及金瓜山與九份相鄰。本區域地勢約為兩百到三百公尺左右的丘陵地及山間河谷地，屬基隆火山群；區域內有金瓜石溪、外九份溪及內九份溪，向北切穿山谷注入東海。」網路讓我查到的是抽象的知識，真正對山丘與溪流的分布有具體的概念是透過跟鄉親閒聊時才曉得。

好比，經過將近一世紀的開採，原本高六百三十八公尺的金瓜山，徒剩大概五百公尺。海拔五百八十公尺的無耳茶壺山為金瓜石的地標，與海拔五百八十八公尺的基隆山，分別為聚落東、西的兩大座山，值得一提的是，無耳茶壺山從金瓜石的位置近看名符其實是一只沒有提把的茶壺；但若從水湳洞方向眺望，它變成一隻躺臥的獅子，所以也被稱為獅仔岩。有時想到基隆山光禿的山體，就讓我記起一則趣聞，民宿主人某回聽見導遊問遊客，有沒有看到前面基隆山光禿禿的一片？見無人應答，導遊逕自用十足專業的口吻補充，那是因為當年挖礦的後果。她笑著跟我說當時自己就站在導遊旁邊，只是不好意思拆對方的臺。其實，基隆山的光禿是由於火燒山所造成，並非開採所遺留的痕跡。如果沒有民宿主人的解釋，我根本忘了故鄉曾發生火燒山的事。

剛開始回故鄉的頭幾回，與雜貨舖老闆聊起我的童年地標，我才曉得往昔位於車站下方，如今已不存在的中山堂，原來日治時代它被稱做「第一俱樂部」。一九七一年正式開幕的是現下時雨中學校地的前身「中山堂」，不論哪個名稱，我想自己跟在地人皆有同樣的記憶，就是它跟看電影這件事始終綁在一起。聽說日據期間大夥跪坐在榻榻米看電影，到了掀除榻榻米的光復初期，進戲院的人則得自備小板凳才有座位，直等到後來新的中山堂落成，居民才有一排排的木椅可坐。我僅看過重新營運有椅子坐的中山堂，也以為中山堂只有一個，壓根兒不知曾有跪坐榻榻米看戲的畫面；然而，相較於後來連我小時候的中山堂都沒看過的人，我是何等地幸福。因此，即便中山堂只能成為回憶，於我已彌足珍貴。

近幾次寄住民宿，或在餐廳用膳，看著每家店各自用心招攬客人，有的從一塊礦石聊及過去的礦山盛況，有的安排淘金體驗，總有迥異於往日的氛圍，那是一種在剝落的舊時光中，某些現代的東西也在生長的鮮明感受，從地理至歷史等人文，皆讓我聆賞聚落景色，或靜或動，各有不同風情。

台金時期露天開採前（上），與結束後（下）的金瓜石礦山全景，山頭的高度有明顯落差。（鄭春山提供）

輯五

於是有了光

記憶力不敵歲月之流，任憑青春與混沌兀自去換季，跋涉過風雪之夢奔向清朗，一個翻身我被滿懷的溫暖喚醒，幸福地發覺自己處於恆久的亮光中。

桑梓物語

我不確定自己究竟幾歲開始能記憶生活裡的這款那項，腦中浮映阿公慈藹地抱起我的畫面，不知是有點煩惱，或半開玩笑跟鄰居說：「這囝仔，怎麼到現在還站不直吶，應該不是軟腳才對？」那好像是過了周歲的事，我早忘記踉蹌了多久才學會走路。排行老大，但好慢才學會步行，這件事成為日後手足之間茶餘飯後開玩笑的話柄，而面對這樣的揶揄，我覺得溫暖。跟阿公去趕集那年，我好像才五歲，之所以印象深刻，是那天在鎮上我吵著要吃一枚草仔粿，阿公哄說等回家經過市場再買。到了市場後，賣草仔粿的阿嬤說只剩紅豆口味了，阿公說紅豆太甜，改天有菜脯米的再買。

瞧我一臉不悅，阿公從褲袋裡掏出那顆撿來的玻璃彈珠給我。我把玩著手上的彈珠，望著清澈的小小球體，像一個小小的宇宙般閃閃發亮，我感到莫名興奮，急忙找玩伴炫寶，沒草仔粿吃的失望早拋諸腦後。後來我才曉得阿公是為省錢才沒買草仔粿，我跟阿公說等長大賺錢要買好多的草仔粿給大家吃，阿公呵呵笑，只說要我平安長大就好。翌日放學後，阿公坐在門檻上，就著日光一刀一刀地替我削著鉛筆。我寫完生字，拿國語習作給阿公看，他雖

孩提時的金瓜石車站，以及基隆客運，是我至今腦海仍鮮明的回憶。（鄭春山提供）

不識字，但老師跟他講過用「紅蘋果」的標幟代表優良，而我的習作上有五顆紅蘋果，阿公歡喜得嘴不合攏，帶我去對面雜貨舖買糖果做獎勵，順便跟阿喜伯炫耀。阿喜伯讚賞地捏了捏我的臉頰說：「真熬讀冊喔，這沙士阿喜伯請，免客氣。」下了班的礦工來光顧，阿喜伯忙招呼生意，順便問當日在坑裡有無收穫，礦工將涼水咕嚕咕嚕一飲而盡，用手抹了嘴角，搖首笑說金脈沒那麼好挖，就算發現也輪不到他們分。

偶爾，我會想起當年礦工無奈的語調，兒時年紀小，沒體會出他們話中的酸澀，也不懂為何挖到的黃金礦工不能分。只是一股腦兒地想像古今中外的金礦爭奪戰。有關山城金礦的講法眾說紛云，我比較記得的是阿公帶我去俱樂部聽講古的版本，退休的小學教師對家鄉的礦史有濃厚興趣，他提及潛進河中的原住民，無意間在河床發現點點的金沙，嘰哩呱啦地用土話互相交談，把沉積的礦沙撈上岸淘洗，可惜在驚奇之餘並不了解黃金的價值，經常將金礦藏在土裡，甚至拿去當壓篗之物。後來漢人非但逼迫原住民遷離採金地，又因互爭礦產而自相殘殺。直到滿清割讓臺灣，日本用高明的技術，成為最大的獲利者。粗工全指派不識字的臺灣人做，念過書的當地人才有機會擔任行政事宜，而受教育的日本人則負責管理與監督。也許因古早金瓜石既沒狀元也無秀才，清一色做粗活度日，盼用礦產改善生活的夢想也落空，最後黃金全挖給別人。所以在老歲人的觀念裡讀書就能出頭天，他們把上一代的希望全寄託在下一代身上。後來回想，彼時小小年紀，拿在掌心的糖果其實有著幾分的重量。

碰上逢年過節，居民也沒大肆鋪張，當地人泰半是領固定薪資的礦工，不可能有大肆花費的本錢，加上無論日本人統治，或臺灣光復後，聚落礦權皆屬國營，倘若有誰一夜間變成暴發戶，難免有順手牽羊之嫌。日本人在金瓜石挖黃金也就罷了，最後竟亂扣帽子，爆發礦山的白色恐怖，後來發現整件事根本子虛烏有，日方竟沒半句道歉。眼鏡水伯心有餘悸說當年自己才十七歲，那日上班經過五坑附近看到一群人議論紛紛，正欲趨前探聽原因，就被大人揮手斥離。當天十點，簡深淵等本地仕紳遭逮捕一事便蔓延開來，屈打成招致死者愈傳愈多，即使活命也遍體鱗傷，大夥面露愁容深怕被牽連。他說簡深淵看了幾個遭逼供的慘狀，趁人不注意時趕緊拿尖器刺破自己的牙齦，等日警掌嘴口中就濺出鮮血，當年流行風土病，嚇得倒退的日警怕被傳染，便停止偵訊，把簡深淵隔離在角落，因此免去一頓毒打，但其子卻在此事件裡喪生。

我對眼鏡水伯的印象一直停留在送瓦斯到家裡來的矮胖身影，熟練地裝好新瓦斯，邊收下錢邊跟阿公說：「好了，我先來去喔！」然後，俐落地將空瓦斯桶扛至摩托車的後座綁妥，發動引擎離開。

電影散場後中山堂的人潮。（鄭春山提供）

許多年以後，從鄉誌上看到眼鏡水伯的回憶，我難以將笑容可掬的長者與那位經歷恐怖事件的少年聯想成同一個人。難道是愈行經死蔭幽谷的人，身上愈有一種經過水火的堅毅？

而我，是否也被潛移默化地承接了這樣的生命？獨自安靜地翻閱著聚落的歷史，走讀著故鄉的身世，發現年紀漸增，不同的時期認識的聚落也不同，而無論哪個階段，常出現於記憶中的依舊是金瓜石車站，或與大人往返瑞芳市集，或送回娘家的阿姨去搭客運返基隆，車站就這樣一次次地在我的腦海留下一張張送往迎來的記憶底片。彼時，金瓜石與瑞芳及基隆間有定時的班車，在瑞八公路通車後，才有直達車往返臺北，也成為金瓜石去臺北最便捷的門戶。雖然客運已停駛好多年，但公路局車廂內旋轉的老電扇、胸前佩戴口哨的年輕車掌小姐，還有嘈雜的引擎聲，在在讓我重溫童年跟大人搭車的舊時光。縱然車站現今已成為黃金博物園區的服務中心，它仍是老金瓜石人的珍貴記憶。

往園區入口處，順沿左邊的石階一路向下步行約十分鐘，就能抵達昔日童叟皆愛的中山堂。這裡早先是日本人的專屬電影院，後來被臺金公司改建成中山堂，當做公司聚會場所、電影院跟娛樂中心，只要是在地居民和礦工，看電影都有優惠。當時流行看電影尾巴，工作人員會準時在電影播完的前一刻鐘放小孩進場觀賞。時移事往，現在怎麼也記不起當時到底看了哪些電影，歲月真是記憶之敵啊；雖然過去的中山堂現在已是時雨中學校地；然而，我還想竭力存留侯孝賢導演為答謝當地人協助拍攝《悲情城市》，而選在這裡舉辦世界首映的感動。

電影裡的照相館在現實生活中是理髮廳。記得聚落的剃頭店應該有兩三家，我、弟跟妹都在後來開的阿娥理髮給女師傅剪過西瓜皮頭，而阿公習慣去八角亭理髮店。日據時期的八角亭專門給日本人理髮，臺灣人則是到祈堂路去剃頭毛。到了臺金公司管理時，八角亭同樣是剃頭店，只不過已開放給當地人去理髮，但光剪頭髮就得等上好長的一段時間，我這個不耐久坐的小跟班只陪阿公去過一次就沒再踏入。即使後來停止營業，那略有西洋風味的建築仍有舊時溫潤的氛圍。

比起等剃頭時的無聊，我喜歡跟著阿公到老街溜達，這裡是聚落的菁華地段，採礦盛年間這裡號稱金瓜石的銀座，礦工總習慣聚在一塊應酬，拿碟子喝一口酒，夾上小菜，將白日的疲勞一飲而盡。四通八達的路坎仔串聯起當地日常的往來，兩旁林立著布莊、電器行、銀樓、小說出租店、撞球間等商號，以及各種吃食等生活所需。順沿石梯或上或下滿是攤販。阿公牽著我一步一階，費力地通過購物人潮，買好阿嬤交代的麵茶，到常光顧的水果攤秤了半斤橘子。中午時分，空氣裡飄散誘人的味道，那是不遠處的允發食堂傳來的飯菜香。

老街上方的公路尚未開通之際，祈堂腳是聚落最主要的道路，到這裡趕集的人們全經由前後蜿蜒的路坎仔採買，連最愛湊熱鬧的孩童也奔逐於大人的腳步間。有挑扁擔的菜販，沉重的雙腳使力地拾級而上，拚生計也拚體力。順著路坎仔上上下下擺攤、購物的人潮川流不止，只是並非大夥皆消費得起繁華。例如我家，阿姨念小學時因家裡沒錢付營養午餐費，得靠工讀換營養午餐，吃飽飯必須幫忙洗大夥的碗抵餐費。初中畢業旅行央求阿嬤給自己買一顆小蘋果，卻因阿公還沒領工資而作罷，這件事一直是阿姨求學生涯的缺憾。我小學二年級，阿公生病期間，親戚從臺北帶了蘋果來探，家人跟著沾光分著吃，母親說我跟弟、妹是幸福的一代，她小時候連水果都極少看見。由阿公至母親到我們這一輩總是衣領泛黃捨不得換，鞋子磨損了繼續穿。懵懂年代，聚落尚未開發，從山上往山下發展，用人力搬運物資，阿公說過更早前的交易是拿含金成分的石頭以物換物，雜貨商人去外地將物品帶上山。後來日本人建了流籠，才從山下運貨上來做買賣，再後來輕便車發明，就用它運送民間的物資，礦業公司部分仍讓流籠負責。古時的金瓜石多雨水，遇到落雨的日子，一來一往的運輸愈發艱困。到了一九三六年公路通車，流籠才被取代。

記得有年與妹妹帶香港朋友來走春，聚落以慣有的山風海雨霧對所有人展開歡迎，我們讚嘆著一幅籠罩在朦朧霧靄裡的招牌景致。回臺北後，妹妹雖埋怨每次回去幾乎都寒冷下著雨，但也承認雨中的山城真是美得淋漓盡致。儘管嘴邊犯嘀咕，看我太久沒上山，她會關心問何時再回鄉，希望再與我同行。我想，假若金瓜石沒降雨，彷彿就不是金瓜石了。以前，故鄉人經常穿著雨鞋，拎把大傘從家裡出門轉搭客運進城，豈料車剛駛離瑞芳，天氣就逐漸放晴，到了臺北太陽已高掛窗外，那時候，如果看見有人一身雨鞋或雨傘的裝扮，車上乘客會紛紛投來怪異的目光，大概在想穿成這樣，八成是從基隆那邊來的吧。不合時宜的裝備成了滑稽的一幕，只要是礦山子民應該不陌生。長大後不管求學、上班，出門不用看天氣，我會本能性地隨身放把傘在背包。就算室外毫無預警地落起雨，不管雨勢的大小，我皆得以從容地撐開傘邁步踏進滂沱的雨陣，直接前行離去，免去或長或短的躲雨時間，我猜可能也羨煞不少沒帶傘的人吧。

過去幾年間，觀光話題炒熱了黃金博物園區、基山老街、黃金海岸等地，而「九份」更是北臺灣旅遊的必推之點；可是直到最近我才驚覺原來我身旁許多朋友得知我來自金瓜石，不約而同流露出好奇的表情：不是九份人？金瓜石在哪裡？除了地理位置身分的尷尬，我還看過更誇張的事，分明就是位於金瓜石和服階梯路、金水公路留下的畫面，卻硬生生地被說成是在九份取的景；目前讓我印象最深刻的是，聽說有在地人聊及近三分之二於金瓜石取景的電影，卻被觀光客誤以為全拍攝於九份，便口吻激昂地與對方起了爭辯。其實，我又何嘗沒有過這樣的情緒，也許是一種對故鄉為人作嫁的不捨情懷在作祟吧。

從前的八角亭遺址變成了廢墟，看不出這裡曾是日式剃頭店的所在地。（鄭春山提供）

踏經專為日治時代身著和服，腳踩木屐的女子而設計的和服路，就會來到日據時由臺灣礦業株式會社所建的金瓜石醫院舊址，此處不只為侯孝賢《悲情城市》裡，林文清（梁朝偉飾）陪大腹便便的妻子吳寬美（辛樹芬飾）就醫的場景。也是吳宇森《太平輪》中，志村雅子（長澤雅美飾）與嚴澤坤（金城武飾）在煙雨濛濛裡撐著油紙傘漫舞之處。當年金瓜石醫院的醫療水平僅次於基隆醫院，連鄰近鄉鎮的人也翻山越嶺過來求診。隨著臺金公司營運終結，兩年後的金瓜石醫院也成為歷史，原有的院舍因年久失修而拆除，如今成為停車場，與一面記載過去沿革的牆基，給離鄉多年的遊子追憶昔往的空間。

往前再走幾步，就會遇見一段狹長的石階路，往昔的金瓜石老街就在眼前，只不過它已不復兒時繁榮。兩側房舍雖相互依偎如舊，但不是門戶緊閉，就是屋裡只有老人跟孫兒看電視的身影，與從前做為商業動脈時的風光相差甚遠。如今的祈堂腳，熙攘的人聲不再，僅有內九份溪流、斷垣殘壁，陪伴走過漫漫礦山歲華的柑仔店，不停地見證歷史興衰；然而，即便盛況已遠，繁華凋零，它依舊是我心底不褪色的小銀座。

踩過路坎仔，行經一間間荒涼的舊宅，凝望著日漸稀少的黑屋頂，腳步沉重了起來。近年有愈來愈多的房屋無預警遭拆除，問在地的名民，說是大部分青年離鄉在外打拚，苦守家園的老人又無力維修住宅，不然就是舉家遷居，搬不走的屋舍，只能無奈地任其塌陷。

輕撫斑駁的紅磚牆，與搖曳如海浪的芒花擦身而過，儘管金瓜石不斷地轉變，宛若時光洪流急速沖刷著河中的石頭，但它無法洗去我的記憶，那段在遍布著黑屋頂、路坎仔、風颱石之間奔跑，笑過、哭過的童年時光。甚願福分降臨到這地的百姓，就像眾山厚實地環繞整個聚落。從今而後，四境平安，歲月靜美。

左鄰右舍

不知為何金瓜石與九份這兩個地方，經常被許多人畫上等號，而水湳洞著名的十三層煉銅廠、陰陽海也難逃被觀光客搬去金瓜石或九份的無奈。我這個道地的金瓜石人難免被問及這三者之間的區隔，研究了半晌，終於想出：九份與水湳洞，如同金瓜石的左鄰右舍。這樣淺顯易懂的譬喻，果真讓朋友明白它們的關係，雖共為礦山聚落，但又各具特色。

有時回來看完老房子追憶過逝水年華後，我會從五號路慢慢走，經過山尖路，然後順著金水公路直行到水湳洞。由長仁社區眺望，整個水湳洞就清楚呈現在眼前。我查過它的背景，東北角的河谷地形，加上靠近大海，每年灌進東北季風帶來寒冷連綿的雨勢。聽說此地名是因選礦場的廣場，巨大的岩石邊有個海蝕洞，從山而來的溪水在洞旁形成「湳仔地」而來。面對眼前巍峩的山勢，那裸露的岩塊，其紋路、肌理皆表現了創造主賦予它的力與美，果然地如其名。

攀登濱海公路的觀景亭，可惜往昔為運礦而架設的斜坡索道已不見蹤影，連殘骸也沒留下。我詫異站立於此竟能把方圓百里景致盡收眼簾，陡峭的山壁或開滿百合花，或下方生長

即使是白晝，也難掩九份如小上海般的風情。

的芒草，寬闊的視野搭配美麗的風光，令人忘憂，不知當年在此為生活奔波的人，是否有因這美麗的景色而稍解工作的辛勞？

面對北邊，望著層層相疊，雲淡風輕接受了礦業式微的十三層遺址，在它後面是畫分金瓜石與九份礦權的基隆山，每戶人家就著山腳下的緩坡錯落而置。東北邊，可以看見像鯨魚的基隆嶼悠閒地漂浮海面。再往東些，為浩瀚的太平洋，而旁邊的濂洞灣是採礦的鮮明印記，也是當今水湳洞的地標之一。

照文獻所載，新山礦床當年為金瓜石與九份保留區，並不開放給任何一邊開採。早期臺陽公司會測量紅色分界線附近挖掘的坑道，看是否有違規，結果證明仍有偷越線者，只是既然守規矩的聚落並未出面抗議破壞規則的另一方，其他中立者也不好去特別追究。

從長仁社區往下步行，濂洞溪淙淙的水流，溪床的石頭金橙璀燦，色澤的純粹度不遜於九九九黃金。沿路繼續往前走就能抵達黃金瀑布，因雨量不如早年那麼豐沛，連帶也影響了瀑布的水量。記得我第一次來的時候還沒圍起柵欄，人可以零距離靠近瀑布，伸手還能直接觸及它的水流，後來因其中含有重金屬而禁止遊客進入。朝下邊走，會經過兀自矗立於山嶺，現今已被列入文化資產保護的三只斑駁煙囪。再來就會看到十三層遺址，陽光精準地潑在其上，亮璨璨的煉銅廠宛若一座黃金鑄造的城堡，這座黃金城堡於一九三三年，由礦山廠長三毛菊次郎策畫完工，二〇〇七年已登錄為歷史建築，並正名為「水湳洞選煉廠」。礦業鼎沸的早年，這座煉銅廠燈火通明的運作，也因此陸續有人煙活動，只是當時沒人想到若干年後會變成廢墟。有人說十三層遺址可媲美「龐貝古城」的外觀，日治時代負責處理礦砂生產粗銅的選礦煉製場，戰後又新增煉金廠，但任憑再奪目的輝煌都得向滄海桑田的現實俯首稱臣，如今彼時的選洗礦等相關設備已被拆除，徒餘選場的基座、廢棄的煉金工廠等殘骸，以及遺址旁號稱全世界最長通風管長仁三坑廢煙道。或許因為這樣的歷史感，十三層除了廣受遊客歡迎，還有不少新人到這裡拍婚紗照。張宇〈用心良苦〉、施文彬〈深深愛你〉的MV更專程來此取景。礦村的滄涼反而成了媒體的寵兒。

另外，相較於比畫家手中調色盤還綺麗的濂洞灣，就是一般遊客俗稱的陰陽海，但我個人不喜歡這個俗稱，總認為並未突顯其獨特或將它的地理詮釋到位。假如想欣賞到一分為二的海景，那麼，必須先揀著一枚天朗氣清之日上山，萬一不巧碰到陰霾的天氣，勢必得敗興而回了。聽當地人說濂洞彎旁的大石頭後邊有一處冷泉，日治年代，居民直接汲起當日常用水，現在多拿水桶裝回家用。其實，有關雙色濂洞彎的講法不一，有人說是因早期開礦污染所形成，但我採信它產生蔚藍與黃褐交映景色之故，僅單純由於礦石風化而致。前幾年，它又多了「黃金海」的名稱，不過倒也無所謂，無論是彎或海，在礦山人心底，始終是臺灣罕見的奇景。

至若廣受朋友歡迎，昔有小上海之稱的九份，今美味雲集，人擠車多，一改採金蕭條後的落寞，重新換上一襲華麗的新裳，盛裝打扮迎接專為美食前來的觀光客。講來連自己都驚訝，在離開故鄉之前，我對九份沒什麼太多的記憶，就知識層面，它只是金瓜石的鄰居，生活中並沒有頻繁的接觸，了不起就是跟大人搭乘公路局去瑞芳順道經過，回程時下車去永和藥房買陳皮回家沖泡罷了，真要問街頭巷尾有哪些店家，我所曉得的屈指可數。

長大後看到朋友拿著觀光手冊，發現新大陸般說好吃好玩的盡在九份，我才又把它從塵封的檔案夾裡抽出來擦拭，晾在記憶的窗口通風，那是一九九一年，電視上播出一支伯朗藍山咖啡在豎崎路拍攝的廣告，清晨的九份，一位帶有文青質感的年輕人啜飲咖啡的畫面，成功行銷了產品跟山城的知名度。而在這以前，我真正注意到九份，是在媒體回顧一九八四年七月十日中午，基隆山腳下的煤山煤礦因壓風機房電線短路起火燃燒，而發生一百多人傷亡的災變。原以為只有故鄉的礦工會被金礦奪走性命，看了報導才知原來煤礦的危險度比金礦更高，只要坑內碰上火源，後果不堪設想。從此九份在我眼裡不再只是故鄉的鄰居，乃為一個有其身世背景的聚落，有過去的悲傷，也有現在的快樂。

我開始去找有關九份的歷史，親自到九份。有一次跟三兩摯友介紹老街，我說，這裡是暗街仔。他們問，嘿，為什麼是暗街仔？有關這暱稱的說法不盡相同，有人說因日據時代，當地的夜晚歌舞昇平，熱鬧非凡，而「晚上」用閩南語講是「暗時」，暗街仔指的是夜晚的街道。也有人說早期基山街沒電燈，一到晚上就格外暗黑，故被叫暗街仔。不過讓我理解的是另外一種解釋，當年街道兩旁有好多的店家，或雨或晴的天候令人捉摸不定，店家只得接二連三地搭起棚子遮蔽，晴天遮陽，雨季擋雨就變成了腳掌所踏之暗街仔。初來乍到者或許會被錯綜繁雜的巷道弄得眼花，其實簡言之，記住三橫一豎「丰」字形的口訣，就能輕鬆地閒逛山城。自下往上行，走過汽車路、輕便路、基山街這三條餐飲與藝品等商家林立其間的橫向道路後，就是綿延地貫穿這三條橫道的豎崎路。

豎崎路旁，前身為彭外科的彭園見證當年妙手仁心的醫術救活了許多礦工的記錄，當年彭醫院也是楊德昌《海灘的一天》拍攝地。走過路的拐彎處，看到一位身形微胖的老人正替斜屋頂刷柏油，本來我還擔心她會滑下去，但看到她的動作比年輕人還敏捷，我也就沒開口驚擾那份難得的安靜。路過廢棄的礦坑，回想剛才所看到的黑屋頂，我才驚覺它何啻故鄉的鄰居，簡直兄弟般，九份與金瓜石有共同的特徵，霪雨多霧的氣候衍生黑屋頂石頭厝的建築，也有淘金客湧入。莫怪那麼多人以為金瓜石是九份，而九份就是金瓜石，沒仔細區分很容易產生錯覺。另外，九份跟金瓜石一樣是靠四通八達的石階聯結山城，當年以豎崎路為中心，向上走是戲院、酒家、茶樓等娛樂場所林立，往下行有醫院、派出所，一上一下，頗有天堂與地獄之別。

有關九份的故事就這樣又在心底擱了數載。某天午後，我重新翻閱林怡翠《被月光抓傷的背》詩集，其中三十行不到的〈九份五記〉，把九份的過往日常描寫得躍然紙上。

在手掌上畫一條小巷
黃包車上的女子
嗅著一朵脂粉香味的黃昏
兩旁的牆
斑駁成滿地的足印
所有的影子都待著　對月亮歌唱
合掌
捏碎了這城市的繁華
用二十塊買一瓶彈珠汽水
生吞下去的童年
因為一個嗝
才想起一個耳光

是阿母還是歲月打散了一地
贏來的彈珠
逐漸死去的山
眉間仍有一道傷口
我的吶喊
回音以礦災時淒厲的驚叫
苔草讀過無數人的墓碑
一輛煤車從額頭推過
踩過滿地的爆竹屑
在大雨後
與老人與風
爭奪一句引人落淚的嗩吶
這城鎮
正孵出一些新的招牌

是啊，這城鎮正孵出一些新的招牌，有沒有可能同時留住一些舊的事物？恐怕再深的珍

水湳洞煉廠斜坡索道行駛的情形。（鄭春山提供）

惜也挽不回舊韶光，小時候曾去的永和藥房已在前幾年歇業，一甲子歷史只在印象中徒存童年的甘草氣息。除此，我也無法從腦袋裡再擠出更多聯結於九份的記憶。

提及九份，讓我記起曾採訪過的吳念真導演，說到初始的九份，他像回到舊昔的家鄉，言談之間流露出對過去艱苦的心疼，我也才知道相較於煤礦工，挖金礦的工資雖略多，但沒採到金礦就會減薪，得節省坑內安全設備的成本，相對提高金礦工的傷亡機率，像《多桑》片尾的臺詞：「還沒老，身子就先埋一半了……」有次看報紙介紹九份有名的礦工牛肉麵，讓導演十分詫異，礦工沒在吃牛啊，九份怎會賣牛肉麵？現在過多人工雕琢的九份是屬於遊客的九份，難怪導演形容過往的九份，如一位乾淨的老太婆在屋簷下縫補衣服，有一搭沒一搭地跟路人說山城故事；而今那一位老太婆已變成打粉撲、點胭脂，站在門口招攬客人的老太婆。這樣的改變讓導演拍《多桑》時，必須藉平溪、侯硐去剪接。此番不得已，相信也是許多礦山子民的惋惜。

我不曉得金瓜石、水湳洞與九份的未來如何發展，金瓜石能否維持現有的清幽，水湳洞會否保有目前的悠緩，持續地陪伴礦山的遺跡，九份是否仍遊客如織？無論後續將朝什麼方向走，我由衷期盼這三個地方能分別被識見，並且不會再被誤認，這是對土地與歷史的基本尊重。

食記

童年餐桌上只要有一小鍋的滷物，香噴噴的滷肉汁淋拌熱騰騰的白米飯，通常會讓我再扒兩碗飯，這個習慣到今天都還存在著。母親兒時家境不寬裕，可以說連普通也稱不上，三餐可以吃得飽就是莫大的幸福，根本沒奢望有選擇菜色的權利。等到我出生的年代，母親那一輩已有了許多去城市工作的機會，生計慢慢獲得改善後，我才有機會吃到早期罕見的雞蛋、豆干等食物。

有時阿嬤會加些三層肉進鍋裡去滷，不知為什麼從小我便不愛吃豬肉，甚至有些怕它的味道，因此我單吃滷肉汁飯，不吃滷肉，沒肉可吃更不影響我的胃口。長大後才知曉，當年使我見之色變的豬肉，以及我喜歡的雞蛋居然是婦女們準備便當時的奢華菜色，聽說這是由於當年男人們從事的幾乎全是粗活，不吃肉實在無能應付粗重的工作量，尤其是礦工的飯盒，再怎麼辛苦妻子也會想方法擠出一小塊的豬肉讓丈夫帶便當。吃過早餐，東方魚肚翻白之際，男人把飯盒綁上腰間，或直接拎著出門，開始一天的打拚。從前，家中飯桌經常出現接連好幾日燉了又燉的滷肉，還有阿嬤醃製的豆腐乳跟一小碟土豆佐清粥或配飯，一成不變的菜色難免也會膩，但如果多了麵筋或滷肉的湯汁可拌飯，我就吃得齒頰生津。偶爾遇到我不想吃飯的情形，阿嬤就試著舀點砂糖攪入稀飯裡哄我進食，這一招立刻奏效，除了讓我胃口頓開，還會多盛上一碗，甜滋滋地吃在嘴裡，生活就算辛苦，心底也甜甜的。

一般人以為金瓜石礦工皆是置身在金堆裡挖礦，生計不虞匱乏，就算有比較窘困者，也只要進出坑內幾回，三餐不成問題；其實不然，早期本地並非每戶人家都能溫飽，即便做礦工也不見得每日買得起豬肉，有些家境清苦的人家，妻子會將白飯淋上重口味的滷汁，放一顆蛋、菜脯或鹹菜等菜色，讓丈夫即使無大魚大肉也能配得下飯，如此才不致沒力氣在礦坑裡幹活。從大陸來的溫州人為了能多攢幾個錢日後衣錦還鄉，則買便宜且容易保存的鹹鰱魚、鹹溫魚、海蜇皮、黃蘿蔔乾等為主食。

採金礦的辛勞與危險遠超我的想像，礦坑內危機四伏，既要注意落石又得擔憂會窒息，就算帶著頭燈也難保不碰到意外。燠熱的礦坑內，連午餐的便當盒打開後都有股怪味道迎面撲來，有時更難以下嚥，即使如此，用餐仍是礦工最期待的時刻，除了休息更趁機養足精神，打開包著布巾的飯盒，雖沒有山珍海味，但妻子親自做的家常飯菜，再喝幾口的水也像補給力滿點的佳肴美酒。

就算不在礦坑工作，但四處打零工的阿公所需的體力不輸礦工，經常吃的卻是豬油或醬油拌白飯、半顆滷蛋，頂多領工錢那幾天，阿嬤會再替他的便當加一塊豬肉，這樣的菜色對烈日下勞動的阿公而言非常拮据。記憶中阿公的身形向來頎長，怎麼也吃不胖的體質曾讓未識實情的我好生羨慕；而我這種天真的想法，一度讓母親感慨，「唉，恁囝仔人攏不知影，古早連呷都呷不飽，當然會瘦；彼時陣咱家真散，一粒蛋恁阿公勿甘做一次吃，一天只帶半邊，留半邊隔天帶。」她的話語飽含著對阿公的心疼。

憶及窮困的童年與青春，阿姨也不勝唏噓，她上學帶的便當也是豬油拌飯，青菜蒸到熟爛還是照樣地咀嚼。偶爾餐桌上難得有一條魚，阿公也總是把魚肉留給她跟母親享受，魚頭留著自己啃。彼時，老家位於瓜山國小下的山坡，阿公跟阿嬤利用空地種菜、養雞鴨，菜幾乎全部自產。平時就菜脯蛋、小魚乾、地瓜葉、豆腐乳這些常見的菜輪流配，全家人也吃得極度節省，稀稀的地瓜粥加熱喝落肚，淡化了度日的寒傖。後來，依隨臺灣的經濟起飛，家鄉生計開始改善，不必望穿秋水般地企盼逢年過節就可以買得起肉類、蔬果等食物，我也吃得到阿公買的饅頭、包子當早餐；但跟我家廚房一樣，左鄰右舍長輩們仍將湯品蒸了又蒸，隔夜的飯菜熱了又熱，甚或食品超過保存期限還繼續吃。

而我，直至現今依舊喜歡滷肉汁拌白米飯、砂糖攪稀飯的古早味，那是童年的舌尖對食物氣味的初始印象。孩提時阿嬤教我拿筷子，初學使用餐具之際的我尚未熟練，夾菜的力道與角度也無法拿捏得宜，有時難免在湯匙或碗裡殘留飯粒或菜渣，阿嬤皆會再三吩咐我把它吃乾淨。我想，她持守的不只是節儉的習性，同時是對那段清苦年歲的記念。

滷肉汁拌白米飯，是我童年的美味。

於是有了光

微雨的清晨，我坐在落地窗前，眼前的山巒寧靜著，曉嵐籠罩整座山頭，一會兒又散去，沒一會兒又聚攏，山的輪廓、容顏卻深刻地和我相對，峭壁的山頭赤裸著，那黑色礦石岩壁的痕跡是當年開礦所遺留的舊傷，我為人類因圖利而在它們身上烙下無數的印記感到萬分歉意。

天邊的雲慢條斯理地移動著，我喜歡如此坐著，體會這恆常的安定感。剛讀完〈故鄉四景——金瓜石〉，這是簡政珍記錄故鄉的詩作，以山、礦坑、斜坡上的纜車與陰陽海四帖道地風景，從「當道路為心事迂迴／妳可曾想到雲何故縈繞山頭？」開始，及至「海總要為人事低語／我們在褪色的浪花中／重新檢視它的身分」。字裡行間，栩栩如生地呈現礦山的起落。我讓思緒從悲哀裡抽離，轉而跟大自然親近，多謝它無私的寬容，沒選擇以牙還牙，仍願意成為人遠離塵囂，甚至面對生離死別時最好的避難所。

母親剛離開的那陣子，我走在城市裡，經常無意識地落淚，有時忍不住就在路邊哭起來，我不曉得該怎麼盡情宣洩悲傷，才能幫助自己一次比一次堅強，說服自己去接受母親已經不在人世間的事實，只能縱容淚水一次又一次決堤，甚或聲嘶力竭。如今，半年過去了，我行經鄉間小路，踩著一階接著一階的路坎仔，這是年輕的母親牽著愚騃的我走過的路。我還記得兒時在老家旁的石階上，母親替我跟弟、妹合影，數十載光陰飛逝，舊照已斑駁，記憶卻如新。

坐落於高處的無耳茶壺山，安靜的，憨實的看守聚落彷彿恆長的職責，有時與它相對，我好奇如果它有思想，會不會掛念著離家在外的遊子？記得〈春夏秋冬〉MV裡，滿山的芒花，男歌手滄桑地唱著：「中秋月暝露水重／山頂的刈芒也已經紅……」，後來我才曉得這是出自音樂人林垂立的詞曲，而前面路邊的紅色小木屋就是他在金瓜石的家。

我不知道是何種心情，可以讓一位來自外地，落腳於金瓜石的音樂人寫出如此觸動人心弦的作品，MV中，那一只正燒著水的茶壺，不住吞吐的白煙，像遊子魂牽夢縈的鄉愁。每次想念童年，卻又沒空回鄉，我就播放這首歌，稍解思鄉之情。

走過蜿蜒的山路，橋畔那間僅存的閣樓小書店，藏著多少人學生時代的祕密跟記憶，而今歲月把青春狠狠地拋在身後，那些的無憂無慮、天真癡狂等少不更事，已經愈來愈遠。「別看現在沒什麼人來，以前這裡是金瓜石最熱鬧的地方，兩旁有許多的店面，假日一到都是擁擠的人潮……」，我不斷回想剛在老街聽居民提及他小時候家裡經營製冰的生意，整條街的冰塊都是自家供應的；那人來人往的榮景對比現下的頽寂，昔日絡繹不絕的買賣交易已成追憶。

我驀然回首，望見新拓出來的道路，以及浪漫公路、緩慢小路、幸福小路等返鄉後才陸續認識的新道路名稱。我很喜歡這些名副其實的路名，為原本就美麗的聚落增添更多的詩情畫意，可是潛意識裡卻少了一份熟悉感，彷彿去到一個人生地不熟之處。曉風仍那樣溫柔，山泉水依舊冷冽，路邊也還像以前能撿到閃著光芒的石頭，只是得花點心思，費些眼力才能從石堆裡找出含有金沙成分的礦石。

以前熟悉的五號路、金光路與山尖路此刻也變得陌生。小時候，這幾條路串聯了食衣住行育樂，宛若那無所不在，前後左右開展的路坎仔，綿延地連接我和桑梓的臍帶，也衍生出難忘之情懷。尤其五號路，它非但是我人生的出發站，還是第一階段童年畫下休止符的地方。

小時候，整片山野就是孩子們的遊樂所在，門口埕只夠年幼的孩子跳繩、扮家家酒，如果要玩大風吹或表演後空翻等，就必須往屋後的大戲臺移動。沒什麼光鮮娛樂的鄉下，大自然的花草樹木成了我的童玩，長輩信手拈來盡是有意思的小玩具，阿公用樹葉折成蝴蝶，陪我玩蝴蝶飛呀飛的遊戲，而阿嬤摘的茶仔葉，貼在衣服上就是同儕間最顯眼的胸章。

童年，母親替我與弟、妹在五號路老家旁留下珍貴的剪影。

眼前，整條馬路除了行駛的汽機車，難得看到人影，我好奇這樣靜好的聚落，竟無商號營業，民宅也泰半深鎖。這裡當年是一處罕見人煙的荒野，西元一八八八年，因有農民在碑尾蓋了五間的草寮居住，始有「五號寮」之稱。原畫分成「金山里」、「瓜山里」、「石山里」、「銅山里」、「新山里」與「三安里」的聚落，當繁華的銅山里在碰上祝融，之後又在接連的颱風、洪水的衝擊下，更是雪上加霜，原本有幾萬人口的小城，如今只剩石山里、瓜山里、銅山里及新山里，童叟數百人。或許，這樣也沒什麼不好，大隱於市的小聚落，適合生活，如〈耶和華祝福滿滿〉的歌詞所形容地那麼貼切。

田中的白鷺鷥，無欠缺過甚麼。
山頂的百合花，春天現香味。
總是全能的上帝，每日賞賜真福氣，
使地上發芽結實，顯出愛疼的根據。
耶和華祝福滿滿，親像海邊的土沙，
恩典慈愛直到萬世代。
我要舉手敬拜祂，出歡喜的歌聲，

讚美稱頌祂名永不息。

每次唱起這首詩歌，心底不禁湧出滿滿的感恩和讚美，能生長在這樣如迦南的美地是莫大福分，其清幽、靜美等魅力也吸引若干的藝文工作者前來，深刻地為它著迷，進而落腳定居在這裡。既而感動地以手中的筆墨，或詞曲或文章或圖畫，呈現出過去、現在，甚或以後的風采。即便對其歷史不具太多的了解，也沒有機會與道地的老居民做深入交談，竟在諸多的鄉村城鎮，不約而同單純選擇，接納這塊土地成為自己的家鄉，我想這當中別無複雜的因素，就是人心與土地的頻率對準罷了。

我平淡地思索著，漸次沒有過去那麼悲傷了，或許，雲淡風輕也是鄉愁的另外一雙翅膀，平穩地帶我飛得更高更遠。沒有星星的闃夜，我卻意外看見黑得漆亮的夜空，起伏的山巒，竟停著潔白發亮，形狀像天使的雲彩，宛若守護著金瓜石，我聯想到《聖經》舊約時代，上帝晝夜用雲柱火柱引領在曠野的以色列人，而今，我的故鄉和我的生命，以及這片土地的每個角落也同樣蒙受祂的看顧。

番外

每年，再忙我都會安排旅程，就算無法長途飛行，最少至外縣市走走。這兩年因母親生病，我沒出遊，也無心情去玩；母親離世後，突然覺得自己像囚犯，身體與思想都被關在悲傷狹隘的斗室，渴望自由卻不得其門而入。所幸母親還留下了故鄉，懷念她時，我就回家，像母親還健在的日子。回到家，山上冷冽的天氣反而令人心情變得開闊。

霧茫茫的菅芒花海，難免讓我聯想母親那一輩經過白色恐怖年代人的保守與謹慎，不只一次，她看我寫稿，常沒來由冒出：「毋莫黑白寫，恁無聽阿公講，古早時陣咱那邊有不少人被警察抓走。」就連阿嬤聽見年輕一輩看政論節目，聊選情，也總一再提醒我們：「電視看就好，囡仔人有耳無嘴，出去毋倘講這些有的沒的。」彼時，我以為老人家對政治沒興趣才不許小孩聊，卻不知他們親身經歷過風聲鶴唳的年代。直到前幾年返鄉聽見當地人提及金瓜石事件，我在查詢該事件的相關文獻時，竟意外看到曾讓人噤若寒蟬的白色恐怖，舊報紙上，「以金瓜國校校長為掩護／圖在礦區吸收匪眾」，如此醒目聳動的標題，想不注意也難。讀畢，我怔忡了一會，總算知曉母親跟阿嬤慣有的擔憂從何而來，儘管那已經是一甲子以前的事。

日治時期，警察逮捕在地方上被稱為大善人的黃仁祥與其親友、員工，剩餘受牽連的當地人，若事後有幸存活至臺灣光復者便得釋放。原以為「金瓜石事件」落幕後就此風平浪靜的聚落，沒想到國民政府來臺不久，陸續又發生潘承德被處以死刑的「金瓜山支部案」，與鍾福天遭判十二年的「潘承德讀書會案」。

這兩樁白色恐怖，涉案者泰半是教師與知識分子，被抓之後的下場不是失聯、遭槍決，就是被刑求得不成人樣。「金瓜山支部案」，官方認定時任瓜山國校校長的潘承德，吸收教員加入叛亂組織，命令他們適時控制金瓜石礦區，宣傳匪共主義。「潘承德讀書會案」，任職於時雨中學教師的鍾福天，只因把安徒生童話《賣火柴的小女孩》改編為反動劇本讓學生演出，便被栽贓為叛亂。

在這幾起案件之前，我未曾聽過，也沒意識到家喻戶曉的安徒生童話，書裡居然帶有預謀的反叛思想，不知是我的學生時代過度單純，所以沒讀出弦外之音，抑是官方欲加之罪或想像力太強？單純的故事也能像雪球般愈滾愈大。

先後發生在金瓜石的兩樁案件，不管是日據時代或國民政府時期，皆對居民造成難以抹滅的陰影，一般如我阿嬤與母親等市井小民，總本能性地自我要求並告誡兒孫謹言慎行，

在菅芒花海中，期待新的民主曙光。（洪尚鈴攝）

以防惹禍上身；嚴重者身心飽受摧殘，甚至隱姓埋名不問世事。而我輩或年輕一代，回望曩者，除了為受冤之人抱屈，也想到山城繼以二二八事件為背景的《悲情城市》後，就沒有其他陳述聚落白色恐怖的電影，這是礦區理應被記錄，也是非常重要的一環。

時序走至二〇一八年的歲暮，寶島的言論、民風與時俱進，在滿山的菅芒花海中，我遙想往昔多起的礦山冤案，在默哀之外，對現今得之不易的民主自由，有著更多的珍惜。

附錄

電影、廣告、電視在金瓜石之拍攝地景

一起散散步

在整裝待發之際，懇請寬容我的叨叨絮絮，也多謝媒體對瑞芳的厚愛，從早期電影、廣告到近年的電視劇，拍攝地涵蓋水湳洞、金瓜石和九份。戲劇的景點宛若自家後花園，它們是如此靠近童年印象，所以總讓我忍不住想對外介紹，順便舊地重遊，雖然這些私房祕境已被列表、繪製地圖置於書後，我仍想簡單地為你做一遍縱覽。

跟隨導演的拍攝，《戀戀風塵》片尾呈現的基隆山、金瓜石聚落，皆為礦城風華，我慶幸它們現今仍存在如昔。步行於浪漫公路，這裡正是在金瓜石首映的《悲情城市》片頭中，男女主角一起行走的蜿蜒山坡道，而劇中多次出現的照相館、買菜的市集，分別為現下已荒涼的八角亭與酒堡口遺址。所幸，山尖路、本山礦場還能讓觀眾一窺當年《無言的山丘》背景。

讓我們跟著時間鏡頭向前挪移，《轉角遇到愛》裡吳興街69號的門牌，在現實裡是沒有門牌的金光路69號，四連棟日式宿舍的所在。走過四連棟，抵達環境館、礦工食堂跟郵局旁邊的廣場，這裡是男主角家擺攤的小吃街。什麼？你問我《籃球火》，主角和小朋友打籃球的地點？劇中的籃球場沒在這裡哦，還要再往我老家的方向走去，那邊是從前銅加工廠（現在時雨中學操場），在我小時候大人們趕集的酒堡口附近。

如果不去黃金博物館，可以直接轉往和服路，就可以遇到《太平輪：亂世浮生》裡，男女主角在雨中漫舞的石階。假使你想體驗像三立十點檔電視劇《白鷺鷥的願望》首集中六位年輕人在風中飛翔的快哉，那麼就找三五好友騎摩托車同遊蜿蜒的金水公路吧，行經茶壺山步道觀景臺，沿路美景包山包海包君喜出望外。可是在這之前，我們還是按原訂計畫，先步行到電影《一萬公里的約定》拍攝處，重溫教練與田徑選手練習跑步的三層水圳橋，它可是新北市的市定古蹟呢。

噢，差點忘記提醒你，從和服路離開後，可以繼續往前走抵達祈堂老街，感受Lexus年度微電影《影藏》中，攝影家與相機維修師傅詮釋到位的真情流露。當然囉，茶壺山步道碎石處、觀景臺、斜坡索道遺址，這些地方是民視八點檔《大時代》，暖男角色陪伴情傷的暗戀對象，出遊談心的祕密基地，周圍俯拾皆是渾然天成的風光，你可千萬別錯過。

對了，順帶一提，不管以上或在後頁地圖所列出的電影、廣告、電視劇等景點，過去常被許多的遊客誤以為它的地理位置在九份（雖然我也喜歡當年人稱小上海的九份）；可是，這些戲劇與廣告的拍攝景點，就真真實實的的確確是在金瓜石無誤啊。因此，不知是否能請你成全金瓜石孩子一個小小的願望？懇請你別再任意將它搬遷去九份住。有時我會搞笑般猜想，假如這些地景能開口自辯的話，它們鐵定抗議人類老弄錯它們的戶籍所在，好比沒有人樂見自己的姓名不斷被寫錯。

歡迎蒞臨金色聚落，邀請你和我一起走走看看它的歷史風情。如果沒別的問題，接下來，我們可以輕鬆背起行囊，帶壺茶或咖啡，好整以暇地散散步。祝福沿途天朗氣清，滿載而歸。

戲語金瓜石（請搭配地圖使用）

編號	項目	地景
2-1	電影—《戀戀風塵》（一九八六）	片尾的前方為金瓜石聚落，左邊為基隆山。
3	廣告—March 汽車	金瓜石往水湳洞的金水公路。
6-4	電影—《悲情城市》（一九八九）	・片首蜿蜒的山坡道路，為林文清（梁朝偉飾）與吳寬美（辛樹芬飾）並行的山坡路段，位於現今的浪漫公路。 ・八角亭，林文清的照相館。 ・酒堡口，吳寬美買菜之處。
7	電影—《無言的山丘》（一九九二）	山尖路、本山礦場附近為全劇拍攝背景。

編號	項目	地景
8	MV－蔡小虎〈春夏秋冬〉（一九九二）	茶壺山。
10-9	電視－《轉角遇到愛》（二〇〇七）	・金光路69號四連棟（劇中門牌吳興街69號），為秦朗（羅志祥飾）家取景地。 ・環境館與郵局前的廣場為小吃街取景處。
11	電視－《籃球火》（二〇〇八）	金瓜石銅加工廠（現為時雨中學操場），元大鷹（羅志祥飾）青春期打籃球的拍攝地。
12	電視－《我的億萬麵包》（二〇〇八）	金瓜石派出所前，為曾善美（林依晨飾）與蔡進來（鄭元暢飾）去的警局。
14-13	電視－《心星的淚光》（二〇〇九）	・祈堂老街，董小鹿（關穎飾）拍照場景。 ・瓜山橋，程岳（言承旭飾）救小鹿的橋頭。

15	電視—《就想賴著妳》（二〇一〇）	茶壺山登山口車道上的朝寶亭，劇中項羽平（言承旭飾）開車載楊果（陳嘉樺飾）上山談心之地。
16	廣告—《笑傲江湖Online》（二〇一三）	茶壺山登山步道。
17	電影—《太平輪：亂世浮生》（二〇一四）	金瓜石醫院遺址上方的和服路石階，為嚴澤坤（金城武飾）與志村雅子（長澤雅美飾）在雨中漫舞處。
18	電視—《十六個夏天》（二〇一六）	金瓜石茶壺山，唐家妮（林心如飾）與方韋德（楊一展飾）爬山，在山上喊：「蔣大維，再見。」攝影山海景觀之處。
19	電視—《白鷺鷥的願望》（二〇一六）	茶壺山步道、浪漫公路、觀景臺、金水公路，為劉建中（韓宜邦飾）與陳瓊美（連靜雯飾）等六人騎摩托車出遊地點。

編號	項目	地景
21-20	電影—《一萬公里的約定》（二〇一六）	・新北市市定古蹟「金瓜石礦業圳道及圳橋」，為田徑選手方崇宇（黃遠飾）與其教練周以晴（賴雅妍飾）練習跑步的場景。 ・金瓜石一〇一民宿整棟設定為小珂的家，正門的招牌斜坡處可於電影中看見。
22	電影—《地圖的盡頭》（二〇一七）	斜坡索道、天車間遺址旁，為安藤正男（日比野玲飾）的小屋座落處。
23	短片—Lexus 年度微電影《影藏》（二〇一七）	祈堂路，為劇中領銜主演攝影家的李李仁訪修相機師傅夏靖庭之地。
24	電視—《大時代》（二〇一八）	茶壺山步道碎石處、觀景臺、斜坡索道遺址，為暗戀伍家媚（王瞳飾）的孫煥然（馬俊麟飾）與失戀的伍家媚出遊談心之地。

過去，現在和未來進行式，皆為我們與金瓜石之間的關係……

VIEW 061

金色聚落——記金瓜石的榮枯

作　者—賴舒亞
主　編—李國祥
美術設計—洪尚鈴
地圖繪製—蔡杏元

編輯顧問—李采洪
發 行 人—趙政岷
出 版 者—時報文化出版企業股份有限公司
10803台北市和平西路三段二四〇號三樓
發行專線—（〇二）二三〇六—六八四二
讀者服務專線—〇八〇〇—二三一—七〇五
（〇二）二三〇四—七一〇三
讀者服務傳真—（〇二）二三〇四—六八五八
郵撥—一九三四四七二四時報文化出版公司
信箱—臺北郵政七九～九九信箱
時報悅讀網—http://www.readingtimes.com.tw
電子郵箱—genre@readingtimes.com.tw
法律顧問—理律法律事務所　陳長文律師、李念祖律師
印　刷—和楹印刷有限公司
初版一刷—二〇一九年五月十七日
定價—新臺幣三八〇元

時報文化出版公司成立於一九七五年，
並於一九九九年股票上櫃公開發行，於二〇〇八年脫離中時集團非屬旺中，
以「尊重智慧與創意的文化事業」為信念。

金色聚落：記金瓜石的榮枯 / 賴舒亞著. -- 初版.
-- 臺北市：時報文化, 2019.05
面；　公分 --（View ; 61）

ISBN 978-957-13-7807-7（平裝）

855　　108006712

ISBN 978-957-13-7807-7
Printed in Taiwan

本書獲國藝會文學創作補助

國|藝|會
NCAF

25 金瓜石車站
（現黃金博物園區遊客服務中心）
26 太子賓館
27 瓜山國小
28 雲山水
29 緩慢
30 十三層
31 黃金瀑布
32 陰陽海
01
02
03
04
05
06
07
08
09
10
11
12
13
14
15
16
17
18
19
20
21
22
23
24